Karl-Gustav Hirschmann

Wer fährt hier schwarz?

Karl-Gustav Hirschmann

Wer fährt hier schwarz?

Authentische Pleiten-, Pech- und Pannengeschichten aus dem täglichen Leben

Projekte-
Verlag
Cornelius GmbH

Impressum

1. Auflage
© Projekte-Verlag Cornelius GmbH, Halle 2007 • www.projekte-verlag.de
Mitglied im Börsenverein des Deutschen Buchhandels

Satz und Druck: Buchfabrik JUCO • www.jucogmbh.de

ISBN   978-3-86634-435-8
Preis: 10,50 EURO

Inhaltsverzeichnis

Für Agi, Christina und Kerstin

in beständiger Liebe.

Vorwort

Wieder sitze ich an meinem Lieblingsplatz, an meinem Lieblingsort am Gardasee.

Um mich herum die vertrauten Geräusche ins Wasser springender Kinder, ausgelassenes Gejohle, Sonnenschirme, die aufgespannt werden, Stühle und Liegen – für den Tag am Pool gerüstet.

Und ich sitze hier an meinem runden Metalltisch, wie immer, wie jedes Jahr, und atme die Urlaubsluft von Manerba.

Ich schlage mein blaues Erzählbuch auf, welches mich begleitet, und beginne zu schreiben. Erholsames Schreiben. Ich muss mich nicht zwingen.

Alles fällt mir leicht. Die Gedanken fliegen mir zu. Ich höre bald nichts mehr um mich herum, nichts erreicht oder unterbricht mich.

Wie einfach ist es doch, sich an Geschichten des eigenen Triumphes zu erinnern. Wie oft rinnen uns Menschen gerade diese Momente wie Öl die Kehle hinab; genüssliches Schnalzen der Zunge inbegriffen. Selbstzufriedenheit. Doch diese Situationen sind bei mir weder wesensimmanent noch prägend.

Ich habe sie erlebt, durchlebt, genossen, gefühlt, gelebt. Ich lebe sie immer noch.

Viel interessanter: Pleiten-, Pech- und Pannengeschichten. Ich trage sie schon jahrelang vorformuliert in Gedanken mit mir herum, ohne sie vergessen zu haben, ohne, dass sie durch das Sieb der Belanglosigkeit gefallen wären.

Keine Triumphe – Desaster. In Buchstaben gefasste Niederlagen. Erlebte Episoden: einmalig.

Tatsachen nur.

Erzählungen.

Ich wünsche ein paar vergnügliche Stunden!

Karl-Gustav Hirschmann

Der Schneeball

Ich erinnere mich noch ganz genau, wie ich, mit dem schweren Schulranzen auf dem Rücken, die Straße entlang schlenderte. Ich, Grundschüler der dritten Klasse, hatte es nicht sehr eilig gehabt, nach Hause zu kommen, und erst noch einen Freund über einen Umweg heimbegleitet. Bereits damals war ich zu seltsamen Späßen aufgelegt – und einer dieser Späße bestand darin, Schneebälle in offene Fenster oder Balkone hineinzuwerfen.

So lief ich nun, den Schneeball bereits vorgeformt, und spähte an der Häuserwand entlang hinauf in die 1.Stockwerke. Und da entdeckte ich sie auch schon, die geöffnete Balkontüre.

Ich konnte einfach nicht widerstehen, stoppte direkt darunter und beobachtete die Lage.

Niemand in Sicht!

Sorgfältig nahm ich also Maß und zielte auf das schwarze Loch in der Häuserwand. Und siehe da, der Schneeball fand seinen vorberechneten Weg exakt – in hohem Bogen segelte er hinauf über die Balkonbrüstung und direkt in die dafür vorbestimmte Öffnung hinein.

Ein echter Volltreffer! Ich war richtig stolz und staunte über diesen Meisterwurf.

Und so verweilte ich einen Augenblick zu lange, anstatt einfach davonzurennen.

Das rächte sich bitter!

Ein Schrei, ein Fluch und hektische Geräusche drangen aus dem Obergeschoss und ein Mann mit hochrotem Gesicht erschien auf dem Balkon. Drohend schwang er die Fäuste zu mir nach unten und brüllte voller Zorn:

„Du ...kerl, mitten in meinen Suppentopf!" –

Und weg war ich!

Die Gummischlange

„Die Tür geht auf, ein Bauch kommt rein, das kann doch nur der Sedi sein!", lautete die stereotype Begrüßung unseres Biologielehrers in den unteren Klassen des Hans-Sachs-Gymnasiums. Sedlazyk hieß er und seinen Vornamen weiß ich leider nicht mehr, nur, dass dieser humorvolle Mann längst verstorben sein muss, denn er hatte damals schon ein beträchtliches Alter. Aber er hielt einen guten und interessanten Unterricht und war nicht so leicht aus der Fassung oder gar in Rage zu bringen. Gutmütig – bis zu den Flossen!

Diese Geschichte handelt allerdings davon, wie es mir tatsächlich einmal gelungen ist, ihn so aufzuregen, dass es mir heute beinahe leidtut, obwohl ich mich auch bei genauer Betrachtung der Tatsachen im Nachhinein als eigentlich unschuldig bezeichnen würde.

Begonnen hatte alles mit einer täuschend echt aussehenden Gummischlangen-Attrappe, die mir irgendwer zum Geburtstag geschenkt hatte.

Natürlich nahm ich diese Attraktion sofort mit in die Schule, um meine Klassenkameraden damit gehörig zu erschrecken. Und das gelang vortrefflich, denn die Schlange sah wirklich täuschend echt aus. Nachdem ein jeder schon auf sie hereingefallen und erschreckt worden war, wurde sie bald langweilig, deswegen beschloss ich, mein Handlungsfeld zu erweitern.

„Wie wäre es, nun einen Lehrer hereinzulegen – und welcher Lehrer wäre dann geeignet?", fragte ich mich.

Ich grübelte ein paar Tage herum, verwarf diesen oder jenen Plan und dann hatte ich es:

Der Musiklehrer – Herr Schorge, der würde garantiert darauf hereinfallen. Und außerdem war er ja an der Schule für seinen sprichwörtlichen Humor bekannt. Und spielte er nicht zweimal pro Woche auf dem Klavier vor, wozu wir eifrig sangen. Da hinein musste sie – unter den Klavierdeckel! Wenn er diesen dann heben würde ...!

Und so geschah es, alle waren informiert und die Musikstunde begann.

Wir saßen alle gespannt und wohlerzogen auf unseren Plätzen, keiner kicherte oder ließ sich etwas anmerken, worüber Herr Schorge hätte Verdacht schöpfen können.

Herr Schorge betrat den Musiksaal wie immer froh gelaunt und wir erwiderten seinen Gruß artig.

Jetzt stapfte er zum Klavier, strich sich seinen schwarzen Anzug zurecht (er trug immer schwarz), setzte sich würdevoll und legte seine Hände auf das noch geschlossene Instrument.

Seine Füße suchten und fanden die Pedale.

„Nun – lasst uns beginnen!", ließ er wie immer verlauten.

Keiner machte einen Mucks und so hob er den Deckel hoch. Doch nichts geschah!

Herr Schorge stutzte zunächst zwar ein wenig, doch dann begann er, lauthals loszulachen:

„Die sieht ja wirklich echt aus, euere Schlange, aber mich könnt ihr damit nicht zum Narren halten!"

Er hielt die Schlange mit der ganzen Faust gepackt hoch und hielt sich mit der anderen Hand den Bauch vor lauter Lachen.

„Wirklich ein guter Streich", trompetete er weiter, „bloß ich bin nicht der Richtige dafür! Probiert den doch beim Sedi! Der wird sich freuen!"

Heute bilde ich mir ein, mich bei dieser Aussage an ein schadenfrohes Grinsen in seinem Gesicht erinnern zu können, und hatten nicht auch seine Augen so einen seltsamen Glanz der Vorfreude versprüht? Ich weiß es nicht mehr ganz genau!

Ich durfte meine Schlange wieder holen und alle waren bester Laune.

In der Pause diskutierten wir dann, ob denn der Sedi tatsächlich die richtige Zielperson sei, immerhin war er ja unser Klassenlehrer! Einige hatten andere Bedenken:

Würde er nicht als Biologielehrer sofort den Schwindel erkennen und uns somit die spontane Freude nehmen?

„Zwecklos – beim Sedi klappt das nie!", war die nahezu einhellige Meinung.

„Wetten doch, ich mache es, wäre doch gelacht! Wenn das beim Schorge geklappt hat, dann klappt es auch beim Sedi!", räumte ich die Bedenken aus dem Weg.

Nach der Pause legte ich die Gummischlange zusammengerollt ins Klassentagebuch, wohl wissend, dass Sedi zuerst die Absentenliste kontrollieren würde.

„Die Tür geht auf, ein Bauch kommt rein, das kann doch nur der Sedi sein!", erscholl es in der Klassenzimmertüre. Seine tiefe, sonore Stimme höre ich heute noch!

Er schnaufte ob seiner Fülle, wischte sich wie immer den Schweiß von der Stirn und marschierte schwerfällig zum Lehrerpult. Er schmiss seine alte, speckige Tasche hin und sank förmlich auf seinen Stuhl. Sedi, dieser gutmütige Lehrer, der sogar mit den Schülern die Pausenbrote verglich und je nach Belag seines zum Tausch anbot. Sedi, der niemals einer Fliege etwas zuleide getan hatte, wurde nun zum Opfer meines Streiches!

Er schnappte sich das Klassenbuch und murmelte wie immer: „Mal schauen, wer heute fehlt!"

Wie erwartet schlug er natürlich die richtige Seite auf, denn die Schlange hatte das Buch dort verdickt.

Keiner von uns hatte mit so einer Reaktion gerechnet! Sedi sprang wie vom Blitz getroffen oder wie von Wölfen gehetzt auf, er stieß einen Schrei des Entsetzens aus, packte die Schlange mit zwei Fingern und schleuderte sie in Sekundenbruchteilen mit voller Wucht gegen die Fensterscheibe. Er zitterte am ganzen Körper.

Er schrie aus Leibeskräften!

Dann erstarrte er. Er hatte die Täuschung erkannt.

„Wer war das, wer hat das angezettelt?" Und seine Stimme überschlug sich fast.

Ich meldete mich verschüchtert und schuldbewusst:

„Ich, Herr Sedlazyk, ich war das! Ich wollte Sie nur ein klein wenig erschrecken! Warum regen Sie sich denn so auf, das ist doch nur eine harmlose Gummischlange?"

„Aber ich wurde auf einer Expedition von einer Giftschlange gebissen und wäre fast daran gestorben. Seit dieser Zeit habe ich panische Angst und reagiere allergisch gegen Schlangen!", brüllte er mich an. „Das wird dich teuer zu stehen kommen, darauf kannst du dich verlassen! Du kommst mit zum Direx!"

Und dort musste ich dann antreten und bekam einen verschärften Direktoratsarrest aufgebrummt.

Sedi war so wütend und eingeschnappt, dass er lange Zeit kein persönliches Wort mehr mit mir gewechselt hat, aber Herr Schorge fragte uns in der nächsten Musikstunde freudestrahlend:

„Na, habt ihr dem Sedi die Schlange untergejubelt, Jungs?"

Jetzt wussten wir Bescheid, wer wen hereingelegt hatte.

Dr. Lauter

Dr. Lauter, so hieß mein Mathematiklehrer im Hans-Sachs-Gymnasium in Nürnberg. Er war sozusagen ein leibhaftiger Kollege von Prof. Sedlazyk, auf dessen Abenteuer mit der Gummischlange ich schon näher eingegangen bin.

Dr. Lauter hatte eine enorme Statur und ausgeprägte Geheimratsecken. Er trug sein schwarzes Haar streng zurückgebürstet, ordentlich, mathematisch exakt.

Vom Wesen her war er recht gutmütig, aber doch bestimmend im Unterrichtsstil. Seinen Unterricht empfanden wir Siebtklässler als anstrengend und oftmals konnten wir seinen Erklärungen und Ausführungen gedanklich nicht folgen.

Störungen, Fremdbeschäftigungen und eine beständige Geräuschkulisse zierten deshalb wie zwangsläufig seine Stunden. Er redete und dozierte, dozierte und redete, so, als ob wir gar nicht anwesend gewesen wären; es war ein richtiger Gespenster-Geister-Mathematikunterricht.

Seine Tafelanschriften wirkten seltsam konfus und zusammenhanglos. Wir schrieben sie allerdings bereitwillig ab, hatten wir dann endlich Ruhe vor ihm und seinem entsetzlichen, unablässigen Gerede.

Kurz gesagt – seine Mathestunden waren eine einzige One-Man-Show.

Mir wurde oft langweilig und so dümpelte mein mathematisches Talent alleingelassen vor sich hin.

In irgendeiner dieser zeitverschwendenden Unterrichtseinheiten griff ich unter mein Pult und ertastete dabei etwas Ekeliges, Rundes, dessen Konsistenz sich bei der nächsten Berührung als halbweich herausstellte.

Ich zog die Hand angewidert zurück und betrachtete diese. Es klebte eine saftige Masse daran. Ich roch und erkannte ihn sogleich, den Geruch eines verfaulten Apfels.

Ich zerrte den Übeltäter heraus aus seinem Versteck, hielt ihn mit Daumen und Zeigefinger notdürftig fest und drehte ihn wie einen Globus um die eigene Achse.

Ganz Asien, Australien und die Beringstraße sowie Teile Kanadas und Nordamerikas waren dem Verfall preisgegeben. Südamerika, Europa und Afrika befanden sich hingegen noch in einem Übergangsstadium.

Entsetzt packte ich den etwas härteren Teil in meine Handinnenfläche und umschloss den Apfel wie einen Schlagball im Fach Sport. Und dann geschah etwas Unfassbares.

Meine Hand steuerte sich selbst, sie holte aus, nahm genau Maß – alles Automatismen, deren ich mich heute schäme. Die Armmuskeln spannten sich, die Vorwärtsbewegung des Armes erfolgte, der Ellenbogen wanderte am Kopf vorbei, meine Hand gelangte seitwärts nach vorne, die Finger öffneten sich und gaben das Geschoss frei. Leider. Fassungslos verfolgte ich die Flugbahn, wie selbststeuernd suchte sich der Apfel sein Ziel. Und er fand es.

Da stand er, der arme Dr. Lauter, schreibend an der Tafel, mit dem Rücken der Klasse zugewandt, die Kreide in der Hand. Nichtsahnend gab er sein Bestes bei der Tafelanschrift mathematischer Aspekte und Lösungen.

Und so geschah es. Was soll ich sagen? Wie soll ich mich rechtfertigen?

Der Apfel klatschte direkt neben Dr. Lauters Kopf gegen den harten, grünen Widerstand.

Totenstille!

Dr. Lauter verharrte reglos in seiner Position. Allerdings hatte er zu erklären aufgehört und seine Hand mit der Kreide sank wie leblos nach unten. Und jetzt drehte er sich um.

Fassungslosigkeit, anschließend dreißigfaches Gelächter.

Ich war entsetzt.

So hatte ich Dr. Lauter noch nie gesehen. Die verfaulten Reste und ehemaligen Apfelstücke hatten restlos Besitz von Herrn Dr. Lauters Gesicht ergriffen.

Ich schenke mir weitere Einzelheiten seines Anblicks, denn ich bereue diese Tat heute sehr und möchte sie nicht weiter ausschlachten.

Dr. Lauter spreizte die Finger und die Kreide fiel zu Boden. Mit der anderen Hand fegte er wie ein Wirbelsturm über sein Gesicht und befreite es so von den Fruchtresten.

Seine Augen funkelten böse und wild entschlossen.

„Wer war das?", hörte man ihn brüllen, sodass es einem Angst und Bange werden musste.

Ich stand langsam auf und meldete mich:

„Ich, Herr Dr. Lauter, ich war es, aber es tut mit leid!"

Der Hausaufsatz

Wie kann ein erfolgloser Schafkopfspieler im Jungeninternat erfolgreich seine Kartenspielschulden abarbeiten? Vor diesem Problem stand ich irgendwann zu Beginn der zehnten Klasse.

Da traf es sich gut, dass der Lehrer, ein gewisser Herr Wittges, einen zu benotenden Hausaufsatz anberaumte. Dieser sei innerhalb einer Woche zu bewältigen, so trug er es uns auf. Als Themenstellung gab er uns eine Schilderung der „Rush-Hour von Schwabach".

Ich hatte ungefähr 40.- DM an Schulden an Piedro, Herbie und Gaggers zu begleichen.

„Was haltet ihr davon, wenn ich meine Schulden bei euch abarbeite? Ich könnte doch eure Hausaufsätze dafür schreiben", schlug ich vor, wohl wissend, dass dies eine Menge Arbeit für mich bedeuten würde. „Danach sind wir kippo!"

„Kippo" war ein alter Internatsspruch, der so viel wie quitt bedeutete.

Meine drei Freunde waren begeistert von meiner Idee, denn sie wussten, ich würde die anstehende Arbeit gewissenhaft und zuverlässig erledigen, zumal ich im Fach Deutsch stets gute Aufsätze verfasst hatte.

Somit willigten sie ein und ich begann am gleichen Nachmittag noch mit der Schreiberei, hatte ich doch sowohl die Rohentwürfe als auch eine lesbare Abschrift des Rohentwurfes absprachegemäß abzuliefern. Reinschriften würden dann meine Freunde jeder für sich erledigen.

Ich musste mich dranhalten, denn die Zeit war knapp bemessen.

Am Ende der Woche hatte ich alle vier Aufsätze vor mir liegen, es waren deshalb vier, weil ich selber ja auch einen abzugeben hatte. Nur welchen sollte ich für mich aussuchen?

Gewissenhaft las ich alle Arbeiten nochmals durch und entschied mich für den aus meiner Sicht gelungensten Entwurf.

Ich hatte es tatsächlich viermal geschafft, die geforderte Rush-Hour auf unterschiedliche Art und Weise zu schildern.

Ich erinnere mich heute noch, dass ich bei jeweils zwei der Entwürfe die verkehrstechnischen Besonderheiten, also das starke Verkehrsaufkommen, in den Mittelpunkt der Betrachtungsweise gesetzt hatte, bei den beiden anderen Arbeiten die starke Frequentierung der Fußgängerzone und die damit verbundenen Auswirkungen auf die Geschäftswelt.

Ich wählte den besseren Aufsatz aus dem letzteren Themenbereich:

„Den behalte ich für mich!", verkündete ich meinen Freunden und ließ sie aus den verbliebenen drei Aufsätzen auswählen.

Am nächsten Tag drückten wir Herrn Wittges die Endprodukte in die Hand.

Gespannt warteten wir ungefähr zwei Wochen lang auf die Herausgabe der Hausaufsätze.

Endlich war es so weit.

Herr Wittges bemerkte, dass er, ausgenommen weniger Aufsätze, mit der Qualität der Arbeiten durchaus zufrieden gewesen wäre.

Er lobte die Klasse richtig für ihren häuslichen Fleiß.

Nur zwei Arbeiten würden deutlich abfallen, sie seien wesentlich schlechter als die Übrigen, inhaltlich wie sprachlich.

Ich schnaufte innerlich gelangweilt durch, denn meine vier Schilderungen würden weit jenseits dieses Makels liegen.

Herr Wittges gab die Arbeit heraus.

Herbie und Piedro wurden für ihre Aufsätze jeweils mit der Note „zwei" belohnt und von Herrn Wittges gelobt, Gaggers hingegen gestikulierte mir eine „drei" über die Bänke und der nach oben gestreckte Daumen verriet mir, dass er ebenfalls zufrieden war.

„Und du?", gestikulierte er weiter.

Ich zuckte mit den Achseln, hatte ich doch meine Arbeit noch nicht erhalten. Aber das beunruhigte mich noch nicht. Herr Wittges teilte nicht nach Noten sortiert aus, das wussten wir. Meine gute Note würde gleich kommen, dessen war ich mir sicher, hatte ich doch die beste Schilderung für mich behalten. Gerade eben baute Herr Wittges sich vor mir auf.

Gleich würde er mir die Hand schütteln und mir gratulieren. Ich würde stolz und erfreut nicken und die Note wie selbstverständlich aufnehmen.

Und so stand er vor mir, dieser Mann, kalt lächelnd und laut zur Klasse sprechend:

„Hirschmann, dein Aufsatz ist inhaltlich und sprachlich völlig daneben, fast unbrauchbar, eigentlich eine Themenverfehlung, du hast gerade noch mangelhaft erhalten!"

PS: Noch heute achte ich beim Korrigieren der Aufsätze meiner Schüler gewissenhaft auf meine eigene Unbefangenheit, denn Herr Wittges blieb mir stets als Negativbeispiel in Erinnerung. Seltsamerweise erreichte ich unter seiner Regie in diesem Schuljahr knapp noch die Note ausreichend im Fach Deutsch. Bis dato waren meine Deutschkenntnisse stets mit „Gut" bewertet worden.

Die Kunst der Physikalischen Chemie

Ich weiß nicht, wie es Ihnen geht, aber ich habe ihn nie ganz vergessen, den 1. Hauptsatz der Thermodynamik: Er besagt, dass die Temperatur eines Stoffes einerseits vom Druck, den man auf ihn ausübt, andererseits auch vom Volumen, das man ihm gerade zubilligt, abhängig ist. Haben Sie das verstanden? Eigentlich ist es ja ganz einfach zu verstehen, denn wenn man auf Ihre Person den äußeren Druck so sehr erhöht, dass Ihnen die Luft zum Atmen ausgeht, so erhöht sich in Ihrem Inneren die Temperatur: Sie werden wütend und beginnen innerlich zu kochen.

Wutausbrüche können dann den Hohlraum Körper im Extremfall sogar zum Platzen bringen!

All diese physikalischen Gesetzmäßigkeiten, die chemische Zustände und Verbindungen beeinträchtigen und mitbestimmen, erlernt der junge Chemiestudent in den Vorlesungen zur „Physikalischen Chemie" sowie aus einem über tausend Seiten dicken Wälzer namens „Brdiczka"!

So unverständlich und unaussprechbar dieser Name auch klingen mag, so ist er eben aus diesem Grunde geradezu stellvertretend für dieses gesamte Wissensgebiet, um das der angehende Chemiker nicht herumkommt, auch nicht, wenn er nur fürs Lehramt studiert. Aus diesem Grunde war auch ich wöchentlich in dieses Wirrwarr an Formeln – gekoppelt mit unverständlichen, niedlichen, kleinen griechischen Buchstaben – involviert.

Wir, Tommy, Werner und ich saßen im großen Hörsaal und hörten Prof. Dr. Bahrens mit gespitzten Ohren aufmerksam zu. Der Dozent, ein Bär von einem Mann, entwickelte gerade seinerseits seltsame Hieroglyphen an der überdimensionalen Schiebetafel tief unter uns. Er sprach mit seiner sonoren Stimme über Mikrofon zu uns Unwissenden.

Man hätte eine Stecknadel fallen hören können, so gebannt verfolgten alle Studenten das Geschehen.

Diesmal erzählte er uns die Geschichte eines ominösen „Lamda-ny" und er zauberte dazu wirre Formeln und Gleichungen mit weißer Kreide an die Tafel.

Die gesamte Vorlesung dauerte stets 90 Minuten, doch bereits nach 30 Minuten der „Lamda-ny-Geschichte" waren in mir leise Zweifel gekeimt.

Hatte ich nicht irgendwann im „Brdiczka" gelesen, dass dieses „Lamda-ny" die „Mittlere Freie Weglänge" von irgendetwas sein sollte, an das ich mich allerdings nicht mehr genauer erinnern konnte? Ich versuchte, die Zusammenhänge herzuleiten, doch dies misslang, aber ich wurde dabei zunehmend überzeugter, dass hier etwas faul war:

Prof. Dr. Bahrens hatte noch mit keinem Wort diese „Mittlere Freie Weglänge" erwähnt.

„,Lamda-ny' ist doch die ‚Mittlere Freie Weglänge'", raunte ich Tommy zu, doch der zuckte nur mit den Schultern.

„Keine Ahnung", flüsterte er.

Ich lehnte mich zurück und betrachtete die bereits auf zwei Seiten voll gekritzelte Schiebetafel. Hier stimmte etwas nicht, dessen war ich mir nun sicher:

Nirgendwo eine Spur oder ein Wort von einer „Mittleren Freien Weglänge"!

Aber andererseits: Konnte sich der „Brdiczka" irren oder täuschte sich mein Gedächtnis?

Sollte ich es wagen?

Zögerlich hob ich zum ersten Mal die Hand, doch Dr. Bahrens blieb davon unbeeindruckt bei seiner Wissenspräsentation. Er redete und dozierte und redete und schrieb unbeirrt weiter bis die letzte Seitentafel auch noch vollgekritzelt war.

Offensichtlich hatte er meinen recht schüchtern erhobenen Finger ganz weit oben überhaupt nicht registriert.

Außerdem, wer wagt es schon bei ungefähr tausend anwesenden Studenten im Großen Hörsaal, eine Zwischenfrage an den Dozenten zu richten? Niemand – außer meiner Person. Und so erhob ich mich aus der breiten Masse meiner Kommilitonen, räusperte mich verlegen und ergriff zum Entsetzen aller lauthals, doch mit der zittrigen Stimme des Unterlegenen das Wort:

„Entschuldigen Sie die Störung, Herr Professor, aber ich hätte da eine Zwischenfrage!"

Erstaunt hob Dr. Bahrens den Kopf und blickte zu mir in die oberen Regionen hinauf. Jetzt hatte er mich offensichtlich mit den Augen fixiert.

„Nun, junger Mann, was wollen Sie denn?", schnaufte er etwas schwerfällig, aber gutmütig ins Mikrofon.

„Sie verwenden ‚Lamda-ny' in einem ganz anderen Zusammenhang, als ich das im ‚Brdiczka' gelesen habe. Ich dachte, ‚Lamda-ny' ist die ‚Mittlere Freie Weglänge', aber ich kann mich auch täuschen!", redete ich nach unten.

Der Bär wandte sich seiner voll beschriebenen Tafel zu und betrachtete sein Werk eine ganze Weile stumm. Nun machte er ein paar Schritte zurück, um das Geschriebene noch besser zu überblicken.

Im Hörsaal herrschte atemlose Spannung. Was war nur los mit Prof. Dr. Bahrens? Wollte er nicht in seiner Vorlesung fortfahren? Hatte er etwa keine Lust mehr? Hatte ich ihn persönlich beleidigt, weil ich gewagt hatte, an seinen Ausführungen zu zweifeln? Ging es ihm nicht gut?

Prof. Dr. Bahrens verharrte weiterhin regungslos vor seiner Schiebetafel und las seinen gesamten Schriftentwurf von vorne bis hinten durch. Nun las er rückwärts, denn sein Kopf wanderte langsam nach links zurück. Schließlich drehte er sich um. Er war kreidebleich und räusperte sich:

„Sie haben völlig Recht, junger Mann, ‚Lamda-ny' ist die ‚Mittlere Freie Weglänge', das habe ich völlig verwechselt. Das, was ich heute ausgeführt habe, ist völlig falsch. Bitte vergessen Sie alles, was Sie heute von mir in diesem Zusammenhang gehört haben!"

Ein Raunen ging durch den Großen Hörsaal, ein Tuscheln entbrannte.

Prof. Dr. Bahrens hatte sich bereits umgedreht und löschte sein falsches Tafelbild eigenhändig mit einem Schwamm.

„Die Vorlesung ist für heute geschlossen!", ließ er dabei mit leiser Stimme verlauten.

Jetzt brach ein Lachorkan im großen Forum aus. Tumultartig sprangen Studenten auf und zerrissen ihre mitgeschriebenen Aufzeichnungen und Skripten. Sie brüllten und johlten. Manche Mitstudenten hielten sich den Bauch vor Lachen, andere kamen angesprungen und klopften mir anerkennend auf die Schultern.

„Donnerwetter, das hätten wir dir gar nicht zugetraut, dass du so gut in PC bist. Das mit der ‚Mittleren Freien Weglänge' musst du uns unbedingt erklären, damit wir auch durchblicken!"

Dr. Bahrens hatte den Saal längst verlassen, aber wir Studenten genossen diesen Triumph noch eine Zeitlang.

Erklären konnte ich die „Mittlere Freie Weglänge" allerdings bis zum heutigen Tage niemandem.

Der Schwarze Milan

Wir, Tommy und ich, saßen in der Biologischen Fakultät in der Vorlesung über „Einheimische Vogelarten" bei Prof. Dr. Scholz. Dr. Scholz, der selber aussah wie die Tierklasse, über die er gerade heraufzwitschernd referierte, war ein kleines Männlein voller Elan und Tatendrang.

Zu seinen Dias über Flugbilder der verschiedenen Greifvögel ereiferte er sich wild gestikulierend und erzählte und erzählte. Tommy und ich unterhielten uns auch – allerdings über etwas gänzlich anderes:

Wir hatten am Vorabend gemeinsam ein Tischtennis-Punktspiel bestritten und so diskutierten wir, zwar leise, aber offensichtlich doch nicht leise genug, über unsere Einzel- und Doppelpartien. Tommy war mein Doppelpartner und so gab es reichhaltigen Gesprächsstoff.

Dr. Scholz hatte bereits ein paar Mal strafend zu uns heraufgeblickt und jetzt räusperte er sich, wohl um Aufmerksamkeit bettelnd. Doch dies störte Tommy und mich nicht im geringsten.

Gerade eben projizierte Dr. Scholz das nächste Diapositiv mit Flugbildern an die weiße Wand. Er referierte nun eingehend über den „Schwarzen Milan", den größten einheimischen Greifvogel:

„Der Schwarze Milan ist inzwischen sehr selten geworden. Er ist geschützt."

Nun verglich er dessen Flugbild von unten betrachtet mit den anderen Flugbildern des Habichts, des Sperbers und des Mäusebussards.

„Den Schwarzen Milan kann man bereits an seiner enormen Spannweite deutlich und unverwechselbar am Himmel ausmachen", hörte ich ihn dozieren.

Tommy und ich waren allerdings ganz woanders:

Wir diskutierten über Topspins, Schmetterbälle und Aufschlag-varianten. Offensichtlich hatten wir uns dabei zu sehr in Rage geredet und daher die Lautstärke unpassend erhöht. Plötz-lich stockte Dr. Scholzes Vortrag abrupt und man hörte ihn brüllen:

„Sie da oben im roten Pullover: Was wissen Sie über den ‚Schwarzen Milan'?"

Keine Reaktion im Publikum.

Entsetzt blickte ich an mir herab. Tatsächlich trug ich zufäl-lig einen roten Pullover. Er hatte mich gemeint.

„Ja, Sie da oben, genau Sie meine ich. Was haben Sie die gan-ze Zeit zu reden? Ich wiederhole meine Frage! Was wissen Sie über den ‚Schwarzen Milan'?"

Irgendwie musste mich die Farbe rot inspiriert haben, denn ich wusste prompt die richtige Antwort auf seine Frage.

„Gegenfrage: Was wissen Sie über den ‚Roten Korsaren'?", ent-fuhr es mir lauthals und spontan, so dass es ein jeder, also auch Dr. Scholz, unmissverständlich vernehmen konnte.

Dr. Scholz brach daraufhin sofort die Vorlesung ab, denn er hätte „in seinem ganzen Leben als Dozent noch nie eine sol-che Unverschämtheit über sich ergehen lassen müssen."

So äußerte er sich aufgebracht und wir hatten frei.

Der Schrecken der Labore

Im Nachhinein betrachtet war es doch ein ziemliches Desaster, mein Chemiestudium. Auf das unmenschliche Oberflächenspannungsintegral, welches ich in der Zwischenprüfung nicht lösen konnte – was mich letztendlich auch das Studium kostete –, möchte ich nur am Rande eingehen, war es doch eher der Schlusspunkt hinter einem langjährigen Schwelprozess des Unvermögens. Klar, selbst nach knapp 30 Jahren kenne ich sie noch, die zahlreichen Sandwich-Verbindungen und Konfigurationsprobleme, wenngleich auch eher in menschlicheren Zusammenhängen. Nein, eher ließ mich doch die Praxis im Labor scheitern, denn eigentlich hielten mich meine Probleme beim Analysieren, Titrieren und sonstigem Unsinn vom fortschreitenden theoretischen Lernen ab. Ein Teufelskreis! –

Verbrachte ich doch Stunden, Tage, Wochen unverzagt und unentwegt an meinem Laborarbeitsplatz und kochte die Substanzen nach Herzenslust auf. Davon gilt es zu berichten!

Unvergessen sind meine seltsamen und eigenwilligen Titrationsversuche, bei denen sich niemals das geforderte Säure-Base-Gleichgewicht der Neutralisation einstellte.

Aber bald darauf standen die Spektral- und Versuchsanalysen auf dem Programm: Eine Substanz, also ein Pulver, sollte dabei in seine inhaltlichen Bestandteile zerlegt werden.

Anionen und Kationen sollten fein säuberlich voneinander getrennt im hellblauen Praxisbüchlein aufnotiert werden. Zuvor mussten sie allerdings eindeutig per Analyse isoliert und bestimmt werden. Und das war das Problem!

Pro Versuchsreihe hatte jeder Laborant einen Fehlversuch gut. Man entschlüsselte also das Rätsel, trug die gefundenen Substanzen ins Heftchen ein und legte dieses dann dem Assistenten zur Kontrolle und Abzeichnung vor. Und durch war man, allerdings nicht in meinem Falle!

Zuerst die Spektralanalyse mit Kobaltglas, dann der Soda-Pottasche-Aufguss, das Auflösen von schwer löslichen Elementen in Königswasser, Einleiten von stinkendem Schwefelwasser, Fällungen, Niederschläge, Trocknen – und ab ging´ s in die Zentrifuge. Das war meine Welt! Und ich tobte mich dabei so richtig aus, eine ganze Woche lang, bis ich glaubte, alle Inhaltsstoffe gefunden zu haben. War es mir gelungen, sämtliche Anionen und Kationen aus ihren Verstecken im Pulver zu zaubern?

Stolz präsentierte ich mein Heftchen dem „Assi", doch der schüttelte belustigt den Kopf.

„Deine Analyse stimmt nicht, koche noch einmal! Hast du noch genügend Pulver?"

Ich wusste, er hatte mit Pulver nicht Geld gemeint, und deshalb bejahte ich.

Niedergeschlagen begann die gesamte Prozedur von vorne, allerdings hatten sich nun die Bedingungen verschärft. Würde ich dem „Assi" erneut eine falsche Lösung anbieten, so verfiele meine Analyse, das wusste ich. Dann würde mir der „Assi" eine komplett neue Ersatzanalyse in die Hand drücken und ich befände mich wieder am Nullpunkt! Und so kochte ich die gesamte nächste Woche konzentriert und ausdauernd vor mich hin.

Ich hatte sieben Anionen und sieben Kationen gefunden – allerdings erneut die falschen:

„Ich gebe dir eine Ersatzanalyse!", lachte der „Assi" und überreichte sie mir nach einer halben Stunde feierlich im obligatorischen Porzellantiegelchen samt Mörser.

Und wieder zerstampfte ich das Pulver und arbeitete wie ein Besessener, aber ich konnte trotzdem nur ein einziges Anion und lediglich ein zugehöriges Kation finden.

„Das kann doch gar nicht wahr sein!", jammerte und schimpfte ich. „Ich kann nichts mehr finden! Das kann ich so nicht dem ‚Assi' zeigen!"

Und so kochte ich ein paar weitere Tage erfolglos an meiner Ersatzanalyse herum, ohne dabei irgendwelche Fortschritte zu erzielen. Daher lief ich frustriert zum „Assi" und legte ihm hoffnungslos und niedergeschlagen mein Versuchsheftchen vor: „Mehr kann ich beim besten Willen nicht finden, nur ein Anion und ein Kation. Was soll ich bloß machen?"

Der „Assi" grinste vergnügt vor sich hin und schnalzte genüsslich mit der Zunge.

„Gar nichts, Junge, gar nichts, denn ich habe dir nicht mehr hineingetan!", lachte er und verzog sich in sein Büro, wo ich ihn noch nach einer halben Stunde zusammen mit den anderen „Assis" vor Lachen wiehern hörte. Sie grölten vor Vergnügen um die Wette!

Ich wusste Bescheid, der „Assi" hatte mich hereingelegt!

Aber ich blieb weiterhin standhaft und guten Mutes und begann bereits am darauffolgenden Tag mit der nächsten Analyse, der Fällung von Barium-Sulfat!

Es machte mir auch gar nichts aus, dass Tommy, Werner und die anderen Laborcracks längst viel weiter in ihren Versuchsreihen fortgeschritten waren, schließlich konnten sie mir dadurch hilfreich zur Seite stehen, falls ich Fragen hatte. Und ich hatte!

Ich erzähle die nun folgende Episode lediglich lückenhaft aus der Erinnerung:

Barium musste mit Hilfe von Schwefel als weißer Niederschlag im Erlenmeyerkolben (oder muss es „Guko-Saugflasche" heißen) ausgefällt werden. Über einen löchrigen Gummistöpsel wurde durch zwei zerbrechliche Glasröhrchen stinkender Schwefel in die Bariumsubstanz (oder was sonst noch darin war) eingeleitet (oder sagt man überführt?).

Zack! Ein weißer, flockiger Niederschlag bildete sich wie der „Nebel von Avalon" aus dem Nichts! Dieser musste zentrifugiert, anschließend im Brennofen getrocknet und später noch gewogen werden! Aber vorsichtig – die getrocknete Substanz ist leicht flüchtig.

Nach etlichen zerbrochenen Glasröhrchen, einer zertrümmerten Guko-Saugflasche (ich bin jetzt ziemlich sicher, dass sie so hieß!) – sie war einfach umgefallen – und vielen Stunden an stinkender Arbeit drehte sich mein weißes Pulver endlich in der Zentrifuge wie wild im Kreis herum. Ich hatte gewonnen – es war vollbracht! Bald würde ich meinen Kommilitonen ins Reich der Gravimetrischen Bestimmungen folgen dürfen, bei der die erhaltenen Substanzen auf 's Milligramm genau analysiert werden mussten.

Nur musste ich mein Barium-Sulfat vorher noch zum Trocknen in den Ofen schieben, aber das schien mir kein ernsthaftes Problem darzustellen!

An die leichte Verflüchtigung meiner Substanz verschwendete ich allerdings keine Gedanken mehr und so stellte ich mein Tiegelchen munter neben die anderen Tiegelchen meiner Kommilitonen in den Brennofen. Damit es nicht so allein war. Dann folgte ich ihnen in die Mensa.

Helle Aufregung im Labor! Wild gestikulierende Studenten! Alle standen sie vor dem geöffneten Brennofen!

„Mein Barium-Sulfat!", schrie ich entsetzt, als ich nach der Pause das Labor betrat. „Was ist damit passiert?"

Da zeigten sie mir die Überraschung: Alle Tiegelchen mit dem schwarzen Pulver der Gravimetrischen Bestimmung hatten einen weißen Überzug erhalten und sahen so viel schöner und ästhetischer aus.

„Wie kommt das weiße Pulver da hinein?", stammelte ein Leidensgenosse fassungslos.

„Hast du etwa unseren Ofen geöffnet und dein Barium-Sulfat dazugestellt?", schrie mich der Nächste an und das blanke Entsetzen blickte aus seinen Augen. Ich war völlig erschüttert. Nur noch ein stummes, schuldbewusstes Nicken klappte noch.

„Bist du wahnsinnig, du hast unsere Arbeit einer ganzen Woche ruiniert!", brüllte ein anderer.

Ich nickte erneut und entschuldigte mich artig. Mein Barium-Sulfat hatte ganze Arbeit geleistet.

Nun – nicht alle Versuchsreihen haben sich so gut in meinem Gedächtnis eingeprägt, aber eine weiß ich noch ganz genau!

Gegen Ende der Analysen musste jeder Student aus Magnesiumgrieß und weiteren leckeren Zutaten Sprengstoff herstellen. Die gesamte bunte Mischung wurde dann in einen tönernen Blumentopf gepresst, mit einer Zündschnur versehen und anschließend unter Aufsicht des „Assis" sinnlos in die Luft gejagt. So sollte es zumindest sein, allerdings nicht bei mir!

Bei der Chemikalienausgabe kannten sie mich bereits persönlich, so oft musste ich die dazu erforderlichen Zutaten nachbestellen, denn mein Blumentopf ging einfach nicht hoch. Das Magnesiumgrießgemisch roch zwar kräftig und brodelte ein wenig vor sich hin, aber an eine Explosion war nicht zu denken!

„Holst du heute wieder Magnesiumgrieß im Blumentopf?", feixten sie, als sie mich sahen. Tag für Tag, zwei Wochen lang! Ich war verzweifelt, irgendetwas musste ich jedes Mal falsch gemacht haben, obwohl ich genau nach Versuchsvorschrift vorgegangen war. Aber ich konnte die Fehlerquelle nicht finden. Immer wieder lief ich mit meinem „Assi" in den Hof hinunter und schließlich versuchten wir es auch gemeinsam, aber trotzdem immer noch vergeblich. Keine Miniexplosion, nichts was auf eine Entladung der Sprengkraft hätte hindeuten können, geschah! Der „Assi" wurde langsam ungeduldig und forderte die Sprengung vehementer.

Wie endete die Story?

Nun, Tommy und Werner bastelten mit mir gemeinsam einen letzten Blumentopf und sie machten alles genau wie ich vorher – exakt nach Vorschrift. Ich lief zum „Assi", mit ihm dann erneut in den Hof und dort jagten wir den Blumentopf mit einem lauten Knall in die Luft!

Bald darauf beendete sich mein Chemiestudium mit dem anfangs geschilderten Oberflächenspannungsintegral in der Zwischenprüfung auf natürliche Art und Weise wie von selbst. Heute bin ich sehr froh darüber, denn ich studierte anschließend „Lehramt für Grund- und Hauptschulen" ohne Probleme und Oberflächenspannungsintegrale und bin in meinem Beruf sehr glücklich und zufrieden. Der Umgang mit den kleinen Kindern bereitet Freude.

Die Berner Rolle

Wer kennt sie nicht, die „Berner Rolle"? Aber wer weiß schon ganz genau, was damit gemeint ist? Handelt es sich hierbei um eine Rolle vorwärts oder um eine Rolle rückwärts, und, falls überhaupt, hat sie nicht unser Turnass Eberhardt Gienger irgendwann in den siebziger Jahren auf irgendeiner Europameisterschaft in Bern zum allerersten Mal am Boden vorgeführt?

Wenn nicht, wäre es vielleicht denkbar, dass einer unserer Fußballhelden – entweder Maxl Morlock oder Fritz Walter – im Anschluss an Helmut Rahns Siegtreffer 1954 das „Wunder von Bern" mit einer „Berner Rolle" auf dem Rasen zelebriert hatte?

Es könnte allerdings auch eine übergroße Kabeltrommel damit beschrieben sein, auf der das sogenannte „Berner Kabel" ordnungsgemäß aufgewickelt wird.

Da es aber auch sogenannte „Holländer Schnitten", „Florentiner" und gar „Bamberger Hörnchen" gibt, wäre ebenfalls eine röhrenförmige Backware denkbar, in die man nach Belieben entweder Sahne oder Creme einspritzen kann. Aber wäre es dann nicht doch eher ein „Schlotfeger"?

Spontan wäre außerdem eine geniale Eröffnung im Schachsport möglich, bei der die Bauernopfer zu Beginn nur so purzeln und somit für den weiteren Verlauf der Partie keine Rolle mehr spielen!

Nun, um das Geheimnis zu lüften, nichts von alledem ist wirklich zutreffend.

Um den Sachverhalt zu klären, muss ich weit zurückrechnen in meine Studienzeit.

1,80 DM kostete damals eine Mensakarte für ein Komplettmenü, bestehend aus Suppe, Hauptspeise und Dessert. Und irgendwann stand so eine „Berner Rolle" auf der Speisenkarte. Meine Kommilitonen zuckten allesamt nichtwissend mit den Schultern und auch ich konnte mir keinerlei Vorstellung von dieser Köstlichkeit machen. Also warteten wir geduldig auf den Tag X.

Und da lag sie nun ganz plötzlich auf meinem Teller, die „Berner Rolle", bestehend aus einer essigsaueren Gurke, die forsch eingewickelt war in eine Scheibe gekochten Schinkens. Oben hielt ein kleines Holzspießchen das ganze Ensemble fachmännisch und geschickt zusammen.

Wir verzehrten diesen Schweizer Hochgenuss relativ ratlos – und das aus zweierlei Gründen: Denn nach unseren Berechnungen hätten aufgrund der Qualität und des Geschmackes dieser Mahlzeit sämtliche Schweizer Bürger längst ausgestorben sein müssen, und zum anderen stand für den nächsten Tag ein sogenanntes „Störtebeker-Schnitzel" auf dem Essensplan. Keiner konnte damit zunächst etwas anfangen, aber gehört hatte diesen Namen doch ein jeder meiner Mitstudenten und auch ich bereits. Wir diskutierten an sämtlichen Tischen. Irgendeiner wusste dann tatsächlich Bescheid.

„Störtebeker – das war ein Freibeuter und Pirat, den die Hamburger im Jahre 1402 kurzerhand köpften und der trotz dieses herben Verlustes noch mit dem Rumpf um das Leben seiner Kameraden lief. Jedem aus seiner Mannschaft, an dem dieser Störtebeker kopflos noch vorbeirannte, wurde daraufhin das Leben geschenkt!", lautete des Rätsels Lösung.

Und ausgerechnet jener Störtebeker sollte also Pate für eine kulinarische Köstlichkeit gestanden haben? Uns schauderte, aber andererseits: Konnte man die „Berner Rolle" eigentlich noch toppen?

Gespannt warteten wir auf das nächste Mittagessen. Und da lag es nun auf meinem Mensateller, das „Störtebeker-Schnitzel"!

Was soll ich lange herumreden? Es war auf den ersten Blick ekelig, unförmig, kantig und braun. Angewidert schnitt ich

es an und als der Saft herausspritzte, erkannte ich sie wieder, die in Paniermehl eingelegte, vollständig versteckte und somit gänzlich kaschierte „Berner Rolle" von gestern!
Guten Appetit!

Wer fährt hier schwarz?

Schwarzfahren mit der Straßenbahn war eines meiner früheren Hobbys in jüngeren Jahren. Wer wird denn so viel Geld verschwenden, wenn es auch umsonst geht? So dachte ich damals wohl und spezialisierte mich frühzeitig auf das Erkennen der Kontrolleure. Zunächst war das eine recht einfache Kunst, denn die beiden „Blaumänner" standen in der Regel mit langen Trenchcoatmänteln uniformiert an den Haltestellen. Allerdings wusste man nie genau, wo sie einsteigen würden – und bei drei bestehenden Ein- und Ausstiegsmöglichkeiten musste man als Schwarzfahrer ein sicheres Auge sowie ein gutes Gespür für die jeweilige Situation entwickeln. Erfahrung, Gefühl und Antizipation waren Grundvoraussetzung für den erfolgreichen Job als Schwarzfahrer.

Vorab – ich wurde nie erwischt und musste niemals Strafe bezahlen, auch später nicht, als die Kontrolleure in Zivil unterwegs waren.

Ein Blick genügte mir und ich erkannte sie alle zuverlässig – egal, ob Männlein oder Weiblein.

Aber ein Erlebnis ragt aus diesen Erlebnissen heraus und hat sich tief in mein Gedächtnis eingeschrieben. Seit diesem Zeitpunkt fahre ich auch nicht mehr „schwarz".

Es war die Fahrt mit Peter Boeckler – kurz „Böck" genannt. Gott habe ihn selig.

„Böck" war ein verhaltensauffälliger, unangepasster Zeitgenosse: Wilde Zuckungen und laute, sogenannte „Peter-Boeckler-Schreie" gehörten – egal, wo er sich gerade aufhielt – zu seinem Repertoire. Er hatte noch andere Eigenwilligkeiten im Umgang mit dem anderen Geschlecht, aber davon soll hier nicht die Rede sein.

Ich kannte „Böck" aus unserer Internatszeit als ständigen Gast in den Heimzimmern, der stets wie selbstverständlich hereinschneite, um zu rauchen, um Schafkopf zu spielen, oder um bloß seine schier unglaublichen Geschichten zum besten zu geben. Ich sehe ihn heute noch vor mir, diesen groß gewachsenen jungen Mann mit den kurzen, nach hinten gebürsteten Haaren, wie er wie wild geworden mit beiden Fäusten von außen gegen die von innen noch verriegelte Zimmertüre hämmerte und dazu unaufhörlich brüllte: „Aufstehen, faules Pack, jetzt wird geschafkopft!"

Und das früh morgens gegen 7 Uhr noch vor dem Frühstück!

Und das als Fahrschüler, der mit dem Bus aus Eibach kam!

Nun, später, kurz nach der Schulzeit, traf ich „Böck" des Öfteren in einer Nürnberger Studentendiskothek namens „Groovy". Dort hatte er im angrenzenden Parkhaus stets billigen „Eisenbahner-Wermut" und diverse Flaschen Bier hinter einem Eck versteckt, damit er im Lokal nichts verzehren musste. Immer wieder ging er zum Rauchen und Trinken nach draußen und schlürfte von seinen Vorräten. Wir unterhielten uns manchmal über dieses und jenes und über die alten Schulzeiten. Einmal meinte er dabei: „Hier ist es langweilig - Komm, lass uns woanders hinfahren!"

Ich willigte ein, ohne genau zu wissen, wohin er wollte. So marschierten wir zur Straßenbahnhaltestelle.

Nun ist es an der Zeit, auf die einzige Gemeinsamkeit zwischen „Böck" und mir einzugehen: Er war wie ich ein begeisterter, notorischer und erfolgreicher Schwarzfahrer. Und so war klar, dass wir auch bei dieser gemeinsamen Fahrt nicht bezahlen würden. Daran verschwendeten wir auch gar keinen Gedanken.

Wir stiegen ein und jeder wählte natürlich einen günstigen Fensterplatz für sich in einem seperaten Viersitzer-Abteil. So hatten wir ein freies Blickfeld auf die Haltestellen und somit alles unter Kontrolle. Wir hätten außerdem blitzschnell reagieren können, wenn Gefahr in der Person eines Kontrolleurs in Verzug gewesen wäre. Aber die Geschichte entwickelte sich ganz anders:

„Böck" und ich fuhren los. Der Waggon war nahezu zur Hälfte besetzt. Ich hatte, wie gewohnt, bereits Konzentration auf das Geschehen außerhalb des Wagens aufgebaut, aber „Böck" alberte in seiner Sitzgruppe herum, schnitt Grimassen und gab seine Geräusche von sich. Plötzlich sprang er hektisch auf und war todernst.

„Wer fährt hier schwarz?", brüllte er lauthals und herrschte die anderen Fahrgäste weiter an. „Keiner verlässt das Abteil, Fahrscheinkontrolle, ihre Fahrausweise bitte!"

Er schritt würdevoll nach hinten und begann nun tatsächlich, von dort aus den gesamten Zug nach vorne zu kontrollieren. Er wirkte dabei total überzeugend – wie ein echter Kontrolleur. Mich packte Angst und Entsetzen.

„Selber fahren wir schwarz und der ‚Böck' kontrolliert die Fahrgäste, das darf doch nicht wahr sein", dachte ich ungläubig. Aber ich musste mit eigenen Augen ansehen, wie „Böck" seine Rolle perfekt spielte und sogar um passende Mimik und Gestik erweiterte. Mal blickte er streng, mal warf er die Stirn in zweifelnde Falten, mal schnippte er ungeduldig mit den Fingern. Er war grandios. An jedem Sitzabteil blieb er höflich, aber fordernd und bestimmend stehen und ließ sich die Tickets der Passagiere unter die Nase halten, die diese ihm bereitwillig aus irgendwelchen Taschen hervorkramten. „Böck" machte vor niemandem Halt und nun war ich an der Reihe. Er baute sich gut gelaunt vor mir auf und trompetete los: „Junger Mann, ihren Fahrausweis bitte, Fahrscheinkontrolle!"

Ich erschrak zutiefst und zog irgendeinen Zettel aus der Jackentasche. „Böck" studierte und inspizierte ihn ausgiebig. Er grunzte zufrieden: „In Ordnung, junger Mann!"

Dabei blinzelte er mir vielsagend und schelmisch zu, als wollte er sagen: „Na, wie findest du mich?" Aber „Böck" hatte immer noch nicht genug.

Nachdem er alle Passagiere kontrolliert hatte, stellte er sich direkt hinter die Glasscheibe, die die Fahrgäste vom Fahrzeugführer trennt. Ganz vorne stand er und begann mit diesem ein Gespräch über die Schwierigkeit des von ihm imitierten Berufes.

Jetzt wurde es mir zu gefährlich. Ich sprang auf und wollte nach vorne laufen, um „Böck" zum Aussteigen zu animieren. So musste ich mit anhören, wie ein aufgeregter Straßenbahnführer über sein Mikrofon Unterstützung aus der Zentrale anforderte.

Jetzt wurde es mir zu heiß. Ich packte „Böck" und zog ihn vom Fahrer weg zum Mittelausgang – und was sah ich da? Zwei echte Kontrolleure in voller Montur. Sie standen an der Haltestelle, in die wir soeben einfuhren. Ein Ruck und das Fahrzeug stand. Die Kontrolleure befanden sich direkt vor unserem Ausgang. Zu spät, um die Position nach vorne oder hinten zu wechseln, denn das hätten die beiden sicherlich sofort bemerkt und dann wären wir für sie eine leichte Beute gewesen. Sie hätten einfach die beiden anderen Ausgänge besetzt. Aber das wollten wir nicht.

„Böck" und ich schauten uns nur kurz an. Wir wussten beide, was zu tun war, wir mussten das Überraschungsmoment nutzen. Ich drückte auf den Knopf, die Tür klappte zischend auf. „Böck" und ich, wir nahmen unseren gesamten Mut zusammen und sprangen hinaus in die Nacht, vorbei an den verdutzten Kontrolleuren, die uns sogleich nachsetzten, um uns noch auf der Halteinsel zu stellen. Doch „Böck" und ich, wir waren schneller und sie erwischten uns nicht.

Seitdem bin ich nicht mehr „schwarzgefahren".

Einmal sah ich „Böck" noch, nämlich in Alfred Bioleks Sendung „Bios Bahnhof". Er trat dabei als Pianist auf und nannte sich den „Boogie-Woogie-Böck". Er erzählte, dass er sein Jurastudium in München geschmissen habe und nur mehr Musik machen wolle. Er spielte grandios.

Kurze Zeit später hat er sich umgebracht. Gott habe ihn selig.

Die FGI-Story

1. Kapitel: Die Einstellung

Ich habe während meiner Jugendzeit so manchen Job ausgeübt. Bereits als 12-Jähriger warf ich die Prospekte der Süd-Reinigung recht großzügig in Briefkastenschlitze ein und ignorierte dabei geflissentlich Aufdrucke wie „Bitte keine Werbung" oder „Keine Reklame". Auch verwaiste Briefkästen ohne Namensschilder bestückte ich stets zuverlässig und stopfte meinen blauen Wisch zu den bereits Hineingestopften. Gelegentlich warf ich von den 1000 Wurfexemplaren auch ein paar hundert in Papiertonnen der Spielplätze – wen kümmerte das schon. Mich nicht.

Später arbeitete ich in einer Art Film-Museum, das sich „Noricama" nannte, als Platzanweiser, Karten- und Souvenirverkäufer. Diesen Film kann ich heute noch auswendig vortragen, so oft habe ich ihn mit angesehen:

„Quidquid Alberti Düreri, mortale fuid, sub hoc conditur tumulo."

„All das, was sterblich an Albrecht Dürer, hier liegt es unter diesem Hügel!"

Später half ich auch in einer Waschstraße aus. Dort lernte ich von Herbie, wie man eine Gummistange unter den langen Metallstab klemmt, sodass das Zählwerk nicht funktionieren konnte. Welch ein intensiver Verdienst!

Besonderes Geschick entwickelte ich auch als fahrender Getränkeverkäufer der Firma „Hercules". Ich belud mein Elektroauto randvoll und tuckerte damit durch die voll besetzten Fabrikhallen. So versorgte ich die Schichtarbeiter mit Bier, Cola und Zigaretten. Klar, dass sie mir einiges vom Karren herunterklauten, sodass die Abrechnung nie stimmte. Einer lenkte mich vorne mit einem 50-DM-Schein ab und ein anderer schnappte sich in der Zwischenzeit einen Kasten „Prünstner Export". So einfach funktionierte das.

Als Postbote blieb ich, als angehender Beamter, in den Semesterferien pflichtbewusst und versteckte doch eher selten die sperrigen Zustellgüter in meinem Pult.

Wöchentlich einmal fuhr ich Wäsche aus und wurde dafür von Herrn Elsener fürstlich entlohnt, denn er bezahlte mich stundenweise, ohne meine zahlreichen Pausen, die ich mutwillig einlegte, auch nur zu ahnen. Auf die Frage „Wo bleiben Sie denn so lange?" wusste ich stets die richtige Antwort: „Sie wissen doch, Herr Elsener, der Berufsverkehr in der Stadt, der Stau auf der Autobahn, ein Unfall bei Großgründlach ...!" Irgendetwas Kluges fiel mir immer ein. In Wirklichkeit hatte ich immer Schallplatten im „Radio Adler" angehört – und nach einer Stunde Pause bereits verdient gehabt, sodass ich sie bedenkenlos kaufen konnte.

Unübertroffen blieb jedoch mein Semesterferien-Job bei der „Fränkischen Getränkeindustrie", kurz „FGI" genannt. Seppi hatte mich eines Morgens früh angerufen und gefragt: „Brauchst du einen Job, Gustav, ich habe einen übrig? Getränkeausfahren bei der ‚FGI'. Die zahlen gut, aber ich habe einen besseren Job gefunden. Die zahlen noch mehr. Willst du ihn?"

Ich ließ mir die Adresse geben und fuhr gleich dorthin, um mich vorzustellen und wurde bald in das Büro des Chefs gebeten.

„Haben Sie Erfahrung als Lastwagenfahrer? Nur 7,5-Tonner, die man mit dem ‚Dreier' noch fahren darf!", wollte er wissen.

Klar, dass von meiner Antwort der Job abhing, und so hörte ich eine mir fremde Stimme, die doch mir gehörte, selbstbewusst antworten: „Ja, ich habe eine jahrelange LKW-Erfahrung!"

„Dann sind Sie mein Mann! Wie lange können Sie den Job übernehmen?"

„Zwei bis drei Monate, wie lange Sie mich halt brauchen!", gab ich zurück.

„Prima, Sie sind eingestellt!"

Er überreichte mir einen Vertrag und ich unterschrieb ihn. Nun war ich ein ordentlicher Mitarbeiter der „FGI" in Nürnberg und der Chef duzte mich dementsprechend. Als nächstes händigte er mir einen LKW-Schlüssel aus.

„Deine erste Fahrt geht über Ellingen fast bis nach Pappenheim. Auf dem Lieferschein ist die genaue Adresse. Die Gaststätte heißt ‚Zum Hirschen'."

„Auch das noch", schoss es mir durch den Kopf.

Er fuhr fort: „Dort lieferst du die Ladung ab, lässt quittieren und kommst zurück. Lass dir Zeit, es ist eine Tagesfahrt. Kassieren musst du nichts!"

Ich schluckte entsetzt und klammerte mich verzweifelt an den Schlüssel. Ich hatte bisher noch nie in einem Lastwagen gesessen, geschweige denn einen gefahren. Schaudernd verließ ich das Büro und wankte zur Ladehalle. Dort stand er auch schon, randvoll bepackt mit Pepsi, Mirinda, Florida-Boy und Bonaqua-Wasser und wartete auf mich. Er war einfach nur riesig und angsteinflößend.

„Und den sollst du bis nach Pappenheim schippern?", durchzuckte es mich, „niemals!"

Aber es gab kein Zurück mehr!

„Bist du der Neue? Ich weiß Bescheid, du fährst nach Pappenheim. Er ist schon fertig beladen, du kannst schon los!", rief mir der Capo der Ladehalle aufmunternd zu und überreichte mir den Lieferschein.

„Du brauchst nur anzuliefern und nichts zu kassieren, die zahlen per Rechnung!"

Er konnte ja nicht ahnen, dass mir gerade das Anliefern gedankliche Probleme bereitete. Kassieren, das wäre das kleinere Übel gewesen.

„Weißt du überhaupt, wo Pappenheim liegt und wie du fahren musst?"

Ich wusste und nickte verschüchtert.

„Lass dir ruhig Zeit, es ist heute deine einzige Fahrt?", wiederholte er.

Ja, Zeit würde ich mir lassen, und dass dies heute meine einzige Fahrt sein würde, dessen war ich mir sicher. Das hätte ich auch nie in Frage gestellt.

„Und wegen der Ladung mache dir keine unnötigen Gedanken, wenn du langsam in die Kurven fährst, kann nichts passieren. Nur nicht hart bremsen und nie heftig lenken! Aber das weißt du ja alles, du bist ja schon ein alter LKW-Hase!"

Dann gab er mir den Lieferschein und ließ mich allein. Da stand er nun, der 7,5-Tonner. Ich öffnete die Fahrertür und schwang mich hinauf und hinter das Lenkrad. All die fremden Knöpfe und Hebel und eine komische Gangschaltung erwarteten mich sehnsüchtig. Ich legte die schweißnassen Hände resignierend aufs Lenkrad und muss ziemlich blass geworden sein.

„Geht es dir nicht gut?", fragte die Stimme des Capo von draußen herein. Welch ein Glück, er war zurückgekommen.

„Du kannst doch den Laster fahren, oder?", fuhr er fort.

„Ja, ja, sicher, kein Problem. Aber es ist schon ein bisschen her. Und jeder Laster ist doch etwas anders. Könntest du ihn mir vielleicht kurz erklären?"

Und so bekam ich einen Crash-Kurs und dabei nickte ich stets wissend und zustimmend mit dem Kopf. Ich merkte mir alles. Zuletzt stiegen wir nochmals aus und er zeigte mir noch den Sackkarren zum Abladen.

„So, jetzt wird es aber Zeit, dass du endlich fortkommst, sonst schaffst du es nicht bis zum Arbeitsschluss um 18.00 Uhr. Machs gut!"

2. Kapitel: Die Fahrt zum „Hirschen"

Ich startete den Laster, legte den Gang vorsichtig ein, löste die Fußbremse und setzte mein Fahrzeug langsam und vorsichtig in Bewegung. Und das ging erstaunlicherweise relativ gut und so zockelte ich vom Ladeplatz den Weg zur Firmenausfahrt entlang. Dort bremste ich sachte ab, aber nichts geschah.

„Na dann mal los!", schnaufte ich durch.

Mit einem Ruck war ich draußen im Straßenverkehr. Vorsichtig schaltete ich die Gänge hoch und herunter. Alles gelang. Ich blickte in die beiden Außenspiegel und kontrollierte die Sicht. Sie passte. Ich war völlig konzentriert. Ich merkte die Ladung überhaupt nicht. An der ersten Ampel chauffierte ich mein Fahrzeug sicher nach links. Langsam entspannte ich mich, als ich die Rollnerstraße entlang-, den Burgberg hinauf- und am Paniersplatz hinabzockelte. Schritttempo – mehr Tempo wollte ich mir nicht gönnen. Ich bog am Hauptmarkt rechts ab und achtete auf den hohen Bogen beim Ausholen. So dachte ich jedenfalls, aber die Realität sah anders aus, hatte ich den Bogen doch eher zu eng gewählt. Meine Ladung bedankte sich sofort, denn als ich den Bordstein streifte, antworteten die Flaschen hinten mit fröhlichem Geklirre und einem satten Rums. Ich drückte sofort auf die Bremse und das war falsch, denn nun krachte und schepperte es wie an Silvester. Sie wissen sicherlich, welches Wort ich lauthals fluchte, als ich weltmännisch aus dem Cockpit sprang, um nach dem Rechten zu sehen. Fachmännisch öffnete ich die Plane an den Drehverschlüssen und spitzte nach innen. Ich sah noch Kästen aufrecht stehen. Mit der langen Holzstange, die man unter die schwere Plane legt, um sie dann auf das Lasterdeck zu werfen, lüftete ich das Geheimnis. Es kam mir ein kompletter Kasten Spezi entgegen und landete auf dem Trottoir. Die Leute, die sich um mich versammelt hatten, schimpften, aber es folgte zur allgemeinen Überraschung kein weiterer Kasten.

„Nur ein Bruch? Das geht ja noch", resümierte ich für mich und schwang mich hinauf.

Welch ein Irrtum! Fünf weitere Kästen mit kostbarer Flüssigkeit waren zertrümmert worden, Scherben lagen herum und der Holzboden triefte. Was war zu tun? Nun ja, ich sortierte neu, räumte auf, sammelte die Flaschenhälse als Beweismittel auf und packte sie in eine Plastiktüte. Ich sprang vom Fahrzeug herab und kehrte mit Schaufel und Besen (beide hatten sich vorsorglich im Führerhaus befunden) den Bürgersteig . Belustigt erkannte ich, dass meine Vorgänger offensichtlich mit ähnlichen Problemen zu kämpfen gehabt hatten. Für den Rest des Bruches fanden sich Papierkörbe am Marktplatz.

Sollte ich so nach Pappenheim mit einer nicht kompletten Ladung? Mitnichten. Deshalb entschloss ich mich, zur Firma zurückzukehren, um nachzuladen. Und das machte ich auch.

„Bist du immer noch nicht fort?", begrüßte mich der Capo.

„Doch, aber ihr habt nicht gut geladen. Beim Fahren haben sich Kästen verschoben, es hat gerumst und es sind sechs Kästen kaputt gegangen. Ich kann nichts dafür. Ihr müsst nachladen!", wies ich jegliche Schuld von mir.

Der Capo maulte zurück, aber erfolglos. Zwei Arbeiter schleppten sechs neue Kästen Spezi herbei, mussten nachladen und wurden dafür auch noch vom Capo angemault.

„Nicht mal richtig laden könnt ihr!", schimpfte er.

Das war zwar nicht ganz fair, aber nicht zu ändern – aus meiner Sicht jedenfalls!

Doch das konnte mir egal sein, denn ich hatte mein eigenes Problem und das hieß weiterhin Pappenheim. Erneut steuerte ich meinen Laster los, aber wählte diesmal eine andere Route. Und siehe da, ich gelangte unfallfrei durch Nürnberg, danach auf die Autobahn, und von dort auf die Bundesstraße nach Roth. Langsam wurde ich mit meinem Gefährt vertrauter und ich begann, die Fahrt richtig zu genießen. Zufrieden tuckerte ich in Richtung Ellingen und fühlte mich dabei sicher und wohl. Dies änderte sich allerdings schlagartig, als ich Ellingen erreicht hatte.

Ellingen ist ein richtig schönes, altes Barockstädtchen mit einem Deutsch-Ordens-Schloss, einer dazugehörigen Schlossbrauerei sowie alten Straßenlaternen. Aber auch der Straßenbelag war alt und holprig, nämlich Kopfsteinpflaster. Das erkannte ich zu spät und es ratterte und knatterte im Laderaum. Aber es klirrte nicht. Noch nicht. Ich drosselte die Geschwindigkeit hinunter bis zum Schritttempo. Aber trotzdem langte diese Geschwindigkeit aus, um einen Großteil der Ladung auszuradieren. Leider hatte ich erneut eine dieser entsetzlichen Rechtskurven im Ortszentrum unterschätzt und das rächte sich bitter. Die daraufhin einsetzenden Geräusche im hinteren Fahrzeugbereich hatten nahezu explosiven Charakter. Alles zischte, brodelte, krachte und platzte wie in einer Alchimistenküche. Ich erschrak heftigst und so drückte ich intuitiv auf die Bremse, was erneut falsch war. Meine Ladung belohnte dies mit einem kräftigen Endschlag. Dann kehrte endlich Ruhe ein, allerdings floss aus den Ritzen eine rätselhafte Getränkemischung. Sie roch süßlich.

In gewohnter Manier öffnete ich den Laderaum professionell von der Seite und inspizierte den Schaden. Er war enorm. 25 Prozent Ausfall mindestens, so schätzte ich spontan.

Das bedrückte mich doch, aber da ich schon so nahe am Ziel war, machte es keinen Sinn mehr, zum Nachladen zurückzufahren. Nein – ich musste den Rest beim „Hirschen" abliefern. Dieses Mal gestaltete sich das Aufräumen allerdings komplizierter und langwieriger, aber ich schaffte es ganz alleine, denn keiner der zahlreichen Schaulustigen half mir. Im Gegenteil, sie machten üble Witze über mich und meine dezimierte Ladung. Die Flaschenhälse kamen zu ihren Brüdern in den Plastiksack. Nun verließ ich den Ort des Grauens eher zügig und schipperte ins Schambachtal zur „Hirschen-Brauerei", die ich recht zielstrebig ansteuerte. Zugegeben, sie wunderten sich ein wenig über mein ungewöhnlich spätes Erscheinen, noch mehr allerdings über die Diskrepanz zwischen Lieferschein und Lieferung. Ich erklärte ihnen die Zusammenhänge und wurde wieder zum Spielball des Spottes, dieser schlechten menschlichen Eigenschaft.

„Der Rest wird aber noch nachgeliefert!", forderte der Brauereibesitzer gnadenlos.

Die fehlende Ware, also meine Verluste, wurden ordnungsgemäß auf dem Lieferschein vermerkt, das Leergut geladen und schon begab ich mich auf meine Heimreise. Der Job war getan, zwar mit Ausfällen, aber immerhin. Nur musste ich noch bei der „FGI" Farbe bekennen und deshalb kam auf der Heimfahrt nie so richtig gute Stimmung in mir auf. Diese besserte sich auch nicht, als ich auf die Uhr blickte und erkennen musste, dass ich den Betriebsschluss um 18.00 Uhr zeitlich nicht würde halten können. Das heißt, die anderen mussten wegen meiner Person Überstunden einlegen. Was wiederum hieß, sie würden mit erheblicher Wut im Bauch auf mich und mein Fahrzeug warten. Was soll ich lange um den heißen Brei herumreden?

Als ich in das Betriebsgelände einbog, konnte ich sie schon von Weitem sehen! Freundlich sieht anders aus. Der oberste Chef und der Ladechef standen mit hochroten Köpfen vor der Ladehalle. „Oh weh, das gibt Ärger", dachte ich mir.

Ich hielt neben ihnen, kletterte heraus und wollte gerade beginnen zu erklären, aber so weit kam ich gar nicht. Sie brüllten sofort los.

Sie wussten schon Bescheid, denn die „Hirschen-Brauerei" hatte wegen der Nachlieferung reklamiert und von meinem Missgeschick berichtet.

„Ab Morgen wirst du Beifahrer – bis auf Weiteres!", donnerte mich der oberste Chef an. „Und wenn dann wieder etwas passiert, bist du entlassen!", fuhr er fort. Dankbar nahm ich an, denn mit so viel Güte hatte ich gar nicht mehr gerechnet.

3. Kapitel: Die 2. Fahrt zum „Hirschen"

Als Beifahrer erhielt ich einen geringeren Stundenlohn, hatte allerdings auch weniger Verantwortung. Das war mir nach dem Desaster ganz recht so. Ich wurde dort eingesetzt, wo eine zweite Kraft zum Abladen und Beliefern unbedingt erforderlich war. Meistens wechselten die Fahrer und es handelte sich auch um wesentlich größere und schwerere Laster, manche hatten sogar einen Hänger.

Die nächsten Wochen verliefen ohne Zwischenfälle: Ich schleppte tonnenweise Getränke ohne einen einzigen Bruch. Und so ergab es sich, dass ich eines Morgens einem schon recht betagten Fahrer samt seines 9,5-Tonners als Hilfe zugeteilt wurde.

„Wohin geht es denn?", erkundigte ich mich neugierig und unbedarft.

Dreimal dürfen Sie raten, was mir das Männlein zur Antwort gab!

„Zur ‚Hirschen-Brauerei' bei Pappenheim!", gab er mir bereitwillig Auskunft.

Nicht schon wieder!

Und los ging die Fahrt, die altbekannte Route über Ellingen. Aber ich hatte ja nichts zu befürchten, war ich doch lediglich für das Auf- und Abladen zuständig. So dachte ich Unwissender damals. Aber – oh weh! Mein Fahrer ließ sich nach getaner Tat (und wie sie sich an mich erinnerten!) mit Freibier volllaufen. Er lallte bereits mit schwerer Zunge, als er zur Heimfahrt rüstete. Ich erschauderte. Tapfer setzte ich mich auf den Beifahrersitz und harrte der Dinge, die da kommen sollten. Nun summte er ein Liedchen, aber bald darauf wurde er müde und schläfrig. Er lehnte den Kopf gegen die Fensterscheibe. Das Fahrzeug schlingerte etwas. Entsetzt stupste und rüttelte ich ihn.

„Das darf doch nicht wahr sein!", schrie ich ihn an. „Du kannst nicht mehr fahren! Los, halt an!"

Mein Fahrer drückte auf die Bremse, steuerte an den rechten Fahrbahnrand, zog den Schlüssel ab und überreichte ihn mir.

„Fahr du weiter!", lallte er undeutlich.

„Bist du wahnsinnig!", brüllte ich zurück, „dafür habe ich keinen Schein mehr!"

Er grunzte nur noch vor sich hin. Was blieb mir anderes übrig, als einzuspringen? Ich stieg aus, schob ihn auf den Beifahrersitz, setzte mich ans Steuer und startete, ohne dafür eine gültige Fahrerlaubnis zu besitzen.

Was soll ich noch sagen?

Ordnungsgemäß, ohne Unfall und Kontrollen, erreichten wir dank meiner verbotenen Fahrkünste unbeschadet das Firmengelände, wo sie den Betrunkenen bei der Ladehalle aus dem Fahrzeug hoben, denn laufen konnte er nicht mehr.

„Das hast du gut gemacht", lobte mich der Chef. „Ab morgen wirst du Verkaufsfahrer in Nürnberg. Du bekommst wieder einen eigenen kleinen Laster und musst Gaststätten beliefern. Der reguläre Fahrer hat bald Urlaub. Morgen arbeitet er dich ein. Traust du dir das zu?"

„Einverstanden", jubelte ich begeistert.

Endlich wieder ein eigenes Gefährt, so dachte ich, nicht ahnend, dass ich meinen Chef erneut bitter enttäuschen würde.

4. Kapitel: Die Fahrt nach Hemhofen

Die Tour durch Gostenhof war gut und schnell. Ich hielt, fragte nach und belieferte ohne Probleme. Ich kassierte Geld, die Abrechnungen stimmten. Nirgendwo war ein klitzekleines Problemchen auch nur in Sichtweite. So mag es nicht verwundern, dass der oberste Chef mit mir und meiner Arbeit sehr zufrieden war.

Aber die zwei Wochen waren wie im Flug vergangen; der eigentliche Verkaufsfahrer hatte seinen Urlaub beendet und stand nun vor mir.

„Hast du auch alle Freibiere in den Kneipen getrunken!", wollte er gleich wissen und er wurde recht zornig, als ich dies verneinte.

„Du hast mir die Tour versaut, Bursche!", schrie er mich an, „jetzt bekomme ich auch kein Freibier mehr!"

Der Chef ließ mich zu sich ins Büro rufen.

„Ich habe ein Ladung mit einem 7,5-Tonner nach Hemhofen. Keine Angst, er hat keinen Hänger und du darfst ihn mit deinem ,Dreier-Führerschein' noch fahren. Weißt du, wo Hemhofen liegt?"

Ich wusste es, hinter Erlangen, also gar nicht so weit.

„Kein Problem, Chef, ich erledige das!"

Und ich erledigte es gründlich.

Alles ging glatt bis nach Erlangen, ich pfiff munter ein paar Ambros-Lieder und erfreute mich des schönen Sonnentages. Aber dann musste ich durch Erlangen hindurch, um nach Hemhofen zu gelangen. Hinter dem Bahnhof bog ich nach links ab. Ich passte ganz genau auf die engen Kurven auf, behielt alle übrigen Verkehrsteilnehmer im Außenspiegel, war guter Dinge und voll konzentriert. Alles unter Kontrolle!

So dachte ich jedenfalls.

Vor mir tat sich in mittlerer Entfernung ein dunkles, schwarzes Loch auf. Ich fuhr direkt darauf zu.

„Aha, ein Tunnel", dachte ich noch, aber dann ging alles schlagartig. Es dröhnte, ächzte, stöhnte und krachte im oberen Bereich des Laderaumes, als ich in den Tunnel hineinfuhr. Etwas barst über mir wie bei einem sinkenden Schiff. Das Fahrzeug wurde kräftig durchgeschüttelt und erzitterte förmlich. Es verlor verdächtig an Fahrt.

„Nur durch", dachte ich, „nur nicht stecken bleiben", und drückte vehement aufs Gaspedal.

Und mein Laster ließ mich nicht im Stich. Trotz der schrecklichen Schleifgeräusche im Dachbereich des Wagenaufbaues bewältigte er dieses Hindernis bis zu dessen Ende. Licht am Ende des Tunnels! Ich schoss aus der Ausfahrt hinaus und hielt anschließend an. Dann atmete ich tief durch, ehe ich mich der veränderten Situation stellte. Ich stieg aus. Tragisch!

Ein Wrack wäre eine Nobelkarosse dagegen gewesen. Wie bei einem gestrandeten Piratenschiff ragten Planken und Ecken des Holzaufbaus wirr durcheinander aus einem Trümmerhaufen heraus, der einmal ein stolzer Laster gewesen war. Er wirkte auf den ersten Blick außerdem jetzt viel flacher. Nur, wo war der Ladeaufbau abgeblieben? Ich konnte ihn nirgends entdecken. Mir verschlug es den Atem.

„Du hast ihn komplett abrasiert", durchzuckte es mich, „der Laster ist total ruiniert." Und was war bloß mit der Ladung passiert? Aus allen Ritzen, Kanten und Ecken spritzten, strömten und schossen wahre Flüssigkeitsfontänen heraus, als handelte es sich bei meinem Gefährt um einen Zwillingsbrunnen des „Fontana Di Trevi". Süßlicher Geruch verbreitete sich. Ich war verzweifelt, doch schon nahte Hilfe.

Ein grünes Fahrzeug mit einer weißen Aufschrift bremste direkt neben mir und heraus stiegen zwei Männer mit grünen Helmmützen. Die Uniformierten lachten mich an und einer fragte belustigt: „Liefert die FGI ihre Getränke immer so aus?" Und sein Kollege wieherte wie ein Pferd über diesen Scherz. Ich verneinte.

„Sie sollten das Fahrzeug wieder heimbringen", rieten sie mir augenzwinkernd, „falls es noch fahrbereit ist!"

Und das war es zur Genüge. Dieses Mal zählte ich auch den Bruch im Innenraum nicht, denn das wäre reine Zeitverschwendung gewesen. Mit dem Wrack fuhr ich in die Firma zurück und stellte es ordnungsgemäß ab.

Der oberste Chef erschien postwendend.

„Hol dir deine Papiere und den Restlohn, du bist entlassen!", brüllte er.

Und ich fügte mich willig.

„Wach"!

Christinas erstes Wort, das sie zweifelsfrei beherrschte, hieß weder „Mama" noch „Papa", weder „ja" noch „nein", sondern „wach!"

Und das wollte sie stets bleiben. Unter allen Umständen. Und das im zarten Alter von neun oder zehn Monaten.

„Wach!" – Welch ein Schlüssel zur aktiven Teilnahme am Leben!

„Wach!" – Welch ein Schreckenswort für alle Eltern, deren Nerven nach einem Tag mit beständigem „Wach" – Gebrabbel bereits ausreichend blank liegen!

Wie wäre es mit einem gemütlichen Abend zu zweit nach all der Plagerei des Windelwechselns, Fläschchenfüllens und Abkühlens derselben? Aber „Wach" hält dich davon ab. „Wach" ist grausam. „Wach" bleibt wach. Immer.

Und so entwickelte ich sehr bald eine spezielle Einschlafstrategie für „Wach". Und die ist mir heute noch so vertraut, dass ich in der Gegenwart erzähle:

Ich trage „Wach" auf dem Arm im Zimmer behutsam hin und her und auf und ab, so dass Christinas Kopf langsam auf meine Schultern herabsinkt. Ich wiege sie im engsten Stehblues, der ansonsten nur für Agi reserviert ist.

Aber „Wach" will nicht schlafen, denn „Wach" möchte weiter getragen werden. Und ich singe „Wach" wie jeden Abend voller Inbrunst mein Lied der Tiere vor. Und das geht so:

„Und alle Tiere, Tiere, Tiere, ha´m (fränkisch für „haben") dich lieb, unendlich lieb, unendlich lieb!"

Dann beginnt die Melodie von vorne. Schade, dass ich sie euch nicht aufschreiben kann. Weiter geht es:

„Und auch der Pinguin im Zoo, er hat dich lieb, unendlich lieb, unendlich lieb. Und auch das Gürteltier im Zoo, es hat dich lieb, unendlich lieb, unendlich lieb. Und auch das Flusspferd hat dich wirklich lieb, unsagbar lieb, unsagbar lieb."

Hoppla – jetzt habe ich glatt den Text verwechselt.

Zwei Stunden später haben wir Säugetiere, Vögel, Reptilien und Lurche in ihrer Gesamtheit erledigt und abgehakt. Auch die Ratten. Ekelhaft. Die gibt es auch unter den Menschen. Nun gelangen wir auf unserer Reise durch die Tierwelt zu den Fischarten. Im Anschluss daran kommen wir schnurstracks zu den Insekten: „Und auch der Schmetterling, er hat dich lieb, unendlich lieb, unendlich lieb."

„Und wie ist das mit der Raupe?", durchzuckt es mich. Also gut, singen wir auch die Raupe: „Und auch die Raupen, Raupen, Raupen ha'm dich lieb, unendlich lieb, unendlich lieb!" Danach zu den Ameisen und den anderen staatenbildenden Insekten: Bienen, Hummeln, Wespen und Hornissen. Wir lassen die Ordnung der Käfer bereits hinter uns und widmen uns anschließend den Würmern, Schnecken und anderen Weichtieren (Muscheln), den Quallen, den Krebstieren: Flusskrebs, Krabbe, Nordseegarnele. Edelkrebs. Alle Asseln: Kellerassel. Spinnen. Igitt. Und alle haben „Wach" unendlich lieb. Aber „Wach" will immer noch nicht schlafen!

Sie tut nur so. Immer wenn ich mit der Stimme absetze, hebt sie ihren Kopf und plärrt mich an: „Wach!"

Mehrzeller, Einzeller, Plankton. Jetzt weiß ich keine Tiere mehr. Aber das brauche ich auch nicht, denn „Wach" schläft nun. Tief und fest. Endlich!

Noch heute hasst Christina Spinnen.

Der Ersatzbulle

Die ganze Familie zog es wie jedes Jahr zum gemeinsamen Treffen nach Gunzenhausen zur Kirchweih. Alle erschienen mit bester Laune und nach Kaffee und Kuchen marschierten wir hinunter auf den „Schießwasen". Christina und Kerstin waren noch kleine Kinder und ich hatte Christina huckepack geschultert, damit sie besser sehen konnte. Kerstin befand sich sicher an Agis Hand. Runde um Runde drehten wir so auf dem Rummelplatz: Kurt und Traudl, meine Schwiegereltern, liefen geradewegs vorneweg, gefolgt von Karin, Agis Schwester, und von Luggi, meinem damaligen Schwager. Jochen, Agis Bruder, schlenderte direkt neben mir.

Jochen ist damals schon ein stattlicher USK-Polizist gewesen, ein Hüne mit einer Körpergröße von nahezu zwei Metern und mit Muskeln ausstaffiert wie ein Bär. Durchtrainiert und fit! Ich hielt Christina an den Unterschenkeln fest, damit sie nicht herabfallen konnte. Jochen und ich unterhielten uns dabei über dieses und jenes und wir erreichten nach einer Kurve ein Fahrgeschäft.

Daneben gab es offensichtlich Streit: Zwei Männer standen sich kampfeslustig in gebückter Angriffsstellung gegenüber. Sie belauerten und beschimpften sich. Ihre Augen blieben starr aufeinander gerichtet, voller Hass und wilder Entschlossenheit. Jetzt war es soweit, aus der Angriffsstellung schnellte einer der beiden Kontrahenten nach vorne und versuchte seinen Widersacher mit Fußtritten zu treffen. Gleichzeitig wirbelten seine Fäuste los, doch sein Gegner hielt munter dagegen und so prallten sie auf- und gegeneinander, ungehemmt, ungebremst, ernsthaft, aggressiv.

Ich erschrak ob dieser rauen Gangart – und was sich nun abspielte, geschah in Sekundenschnelle, ohne dass ich es hätte beeinflussen können. Reine Instinkthandlung!

Ich hob Christina von ihrem Aussichtsplatz herunter und drückte sie Jochen in die Hand. „Halte schnell mal!", raunte ich ihm zu und dann ging alles blitzschnell: Ich raste nach vorne mitten in den Kreis hinein, der sich bereits um die beiden Schläger gebildet hatte.

„Sofort auseinander! Polizei!", donnerte ich die beiden an. „Den Ausweis bitte! Sofort auseinander, sonst nehme ich euch beide fest!", herrschte ich sie weiter an. Dies zeigte sofortige Wirkung. Verdutzt hielten sie inne, blickten sich kurz an und wandten sich nun direkt mir zu.

„Sieh mal an, ein Bulle!", rief der eine dem anderen aufgeregt zu, aber Zweifel, Überraschung, Unsicherheit und Angst schwangen doch in seiner Stimme mit.

„Das kann ja jeder sagen! Zeig uns mal deinen Ausweis!", fuhr er mutiger fort. Der andere zuckte die Schultern und jetzt gingen die beiden wie seltsam vereint und drohend auf mich zu. Nun wurde es ernst. Ich duckte mich, drehte mich blitzschnell um und sprang nach hinten aus dem Kreis heraus. Ich hörte noch, wie sie versuchten, mir nachzusetzen, aber die Menge hatte mich schnell geschluckt und ich jagte zu Jochen, der aus der Menge herausragte wie ein Leuchtturm an der Nordseeküste.

„Bist du wahnsinnig!", rief er mir zu, „ich habe alles mit angesehen! Das hätte nicht einmal ich gemacht! Woher wusstest du denn, dass sie kein Messer haben?"

Ich wurde etwas verlegen und kleinlaut, hatte ich doch Lob und Anerkennung vom Profi erwartet.

„Mach das nie mehr", warnte er mich eindringlich. „Das hätte leicht schiefgehen können!"

Kleinlaut übernahm ich Christina wieder, setzte sie erneut auf meine Schultern und spielte den harmlosen Familienvater. Trotzdem fühlte ich mich irgendwie als Held. Ich hatte die Schlägerei aufgelöst. Ich war der Ersatzbulle von Gunzenhausen.

Der Umzug

Wie viele Schlauchboote, Luftmatratzen und Kühltaschen muss ein erwachsener Mann schleppen, wenn er mit Ehefrau, zwei Kleinkindern sowie einem Mittelschnauzer zwecks der Erholung zum See zieht? Wie viele Schweißperlen bilden sich auf der gestressten Stirn, wenn links und rechts des Körpers Gewichte, in Badetaschen verpackt, die Hände wie Blei nach unten ziehen? Auf diese Fragen vermag diese Erzählung eine ungefähre Antwort zu liefern. Ebenso kann sie darüber Aufschluss geben, was ein Seitwärtskick mit dem Strandleben zu tun hat. Aber wir wollen nichts übereilen. Alles zu seiner Zeit.

Nach jeder der erfolgten Schlepptouren empfängt dich dein Hund freudestrahlend, schwanzwedelnd und mit ohrenbetäubendem Gekläffe, als wärst du Lichtjahre weg gewesen. Die lieben Kinderlein begrüßen dich jedes Mal ungeduldig aufs Neue. Sie möchten endlich wissen, wo denn „Robby", die überlebensgroße Robbenattrappe, bliebe. Inzwischen hat deine Ehefrau den Sand bereits mit Badetüchern tapeziert und eine wehrhafte Taschenburg um das neu gewonnene Terrain errichtet. Jetzt trifft dich das längst erwartete „Wo bleibt denn der Sonnenschirm, wir brauchen Schatten!" wie ein Keulenschlag. Und weiter geht die Fragerei: „Wie lange brauchst du denn ungefähr noch?"

So machte ich mich ein letztes Mal unversehens und unverzagt auf die Tour zum Auto und zurück zum Strandplatz auf, um den Sonnenschirm zu holen.

Aber der Weg wäre auch ohne Sonnenschirm nicht umsonst gewesen, denn ich hatte ebenfalls das Hundewasserschüsselchen sowie das in einer Plastikflasche aufbewahrte zugehörige Trinkwasser vergessen. Als ich zurückgekommen war, hatten die Kinder schon gebadet, sie verspürten naturgemäß Hunger und ich großen Durst.

„Komm, lass uns etwas trinken gehen!", schlug Agi, meine Frau, vor. Ich war begeistert und die Kinder juchzten und johlten. Nora kläffte zustimmend. Er musste nur noch von seinem Zweiglein abgehängt werden. Das Zweiglein gehörte zu einem kleinen Baum, der sich an unserem Platz befand. Deshalb hatten wir diesen Platz ja vorher ausgewählt, denn ich wollte Nora nicht frei herumlaufen lassen.

Mühsam schleppte sich der ganze Tross zum Löwenbräuausschank: Kind links, Ehefrau und Hund, meine Person, Kind rechts. Und alle Hand in Hand.

Der Erfrischungstrunk war eine Wohltat; abgekühlt und gesättigt ging es zurück: Kind links, Ehefrau und Hund, meine Person, Kind rechts. Und alle Hand in Hand.

Aber an unserem Strandplatz hatte sich eine Veränderung in Form einer Blondine ergeben, die sich direkt neben unserem Domizil bäuchlings auf ihrem Handtuch niedergelassen hatte. Aber sie und ihr kopfumrahmender Walkman waren vergleichsweise von geringerer Bedeutung als ihr braunes Schoßhündchen-Wollknäuel, welches sich – und dreimal dürfen Sie raten, wo? – exakt an Noras ehemaligem Zweiglein tummelte. Besetzt!

Hätte ich Nora rücksichtslos ebenfalls dort parken sollen, mit der sicheren Gewissheit, dass das den sicheren Tod des Wollknäuels zur Folge gehabt hätte?

Putzilein hätte zumindest bepflastert, genäht und mit Halskrause versehen den Heimweg antreten müssen. Nein, so herzlos bin ich nicht. Ein kurzer Blick auf Noras aufgestellte Nackenhaare und sein warnendes Knurren ließen die Geschichte einen anderen Verlauf nehmen. Unsere Formation löste sich auf. Ich drückte meiner Frau unsere Tochter Christina in die Hand und alle machten einen großen Bogen, um von vorne an unseren Platz zu gelangen. Alle, außer mir. Ich ging schnurstracks auf die Blondine zu. Den nun einsetzenden Dialog gebe ich aus der Erinnerung wie folgt wieder:

„Entschuldigen Sie bitte!"
Und der Walkman verschwand.

„Entschuldigen Sie bitte, an diesem Bäumchen hing vorhin mein Hund! Wir waren nur etwas trinken. Unser Platz ist gleich nebenan, direkt neben Ihnen. Wir können die Hunde unmöglich zusammen an diesen Baum hängen! Die vertragen sich nicht!"

Ich deutete vielsagend auf den Baum, auf Nora und auf unsere Taschenburg. Mein Zeigefinger verschonte auch das Schlauchboot, die Kühlbox, Robby und den Sonnenschirm nicht.

„Wie haben sehr viel Gepäck und der nächste freie Baum ist erst dort drüben! Wir können die Hunde nicht zusammenlassen!"

Langsam wanderte mein Zeigefinger zur nächsten freien Baumgruppe. In meinem Gehirn lief in der Zwischenzeit eine Entfernungsabschätzung in Sekundenbruchteilen ab. Ergebnis: mindestens 50 Meter!

Meine Muskeln zuckten voller böser Vorahnung. Blondinchens Blick folgte dem meinen artig zur Baumgruppe hinüber, während ihr Kaugummi eifrig von der linken Backentasche in die rechte hinüberhüpfte.

„Könnten Sie nicht so freundlich sein, ich meine, wenn es Ihnen nichts ausmacht, vielleicht könnten Sie nach dort hinten umziehen", hörte ich mich bitten. „Ich müsste alles von hier wegschleppen, Sie verstehen? Und die Kinder und den Hund! Schließlich waren wir ja auch vor Ihnen da!"

Dieser letzte Satz. Wahrscheinlich war er mein entscheidender Fehler, denn Blondinchen antwortete mit einem strahlenden Lächeln, gekoppelt mit einem Augenaufschlag der Extraklasse, spontan, aber durchaus energisch.

„Mir gefällt es hier ausgezeichnet! Wenn es Ihnen nicht passt, so können Sie ja gerne umziehen!", lautete ihre Entgegnung.

Ich war verblüfft und einigermaßen ratlos. Sollte Nora aus Putzilein Kleinholz machen dürfen? Dies würde zweifelsfrei geschehen, wenn ich beide Tiere gemeinsam ihrem Schicksal am Zweiglein überlassen würde. Dann würde ich Schwierigkeiten mit den Tierschützern bekommen.

Und Nora allein an den entfernten Baum anhängen? Diesen Gedanken verwarf ich sofort wieder, denn da hätten mir außer den Tierschützern auch noch meine Frau und die anderen Badegäste einen Strich durch die Rechnung gemacht. Nora konnte nämlich heulen wie ein Wolf.

Sich ihres Triumphes voll bewusst, widmete sich die Schönheit erneut ihrem Walkman, legte den Kopf auf die Arme und räkelte sich behaglich im Sand.

Es kam, wie es kommen musste.

Ich schleppte sämtliche Taschen, das Schlauchboot, die Luftmatratzen, die Kühlbox, Robby, Handtücher, Bademäntel, Sandspielzeug samt Eimerchen sowie Frau, Kinder und Hund die 50 Meter ostwärts. Die Strecke war insgesamt wohl zehnmal zu bewältigen, aber ich will hier nicht jammern.

Jede der Umzugstouren führte mich direkt an Blondinchens Liegeplatz vorbei, die mir interessiert und belustigt aus den Augenwinkeln zuschaute. Auch Putzilein verfolgte das Geschehen aufmerksam, so schien es jedenfalls.

Fast meinte ich, ein Lächeln auf seinem Hundegesicht ausmachen zu können, doch ich kann mich auch täuschen. Dies waren die Momente, in denen bei mir der Gedanke an Rache aufkeimte, und dieser Wunsch wurde bei jeder Umzugstour intensiver, heftiger und fordernder.

Während mein Fleisch vollauf mit dem Schleppen beschäftigt war, arbeitete mein Geist ununterbrochen ebenfalls auf Hochtouren. Der letzte Umzugsgang stand unmittelbar bevor, zwei Taschen und der Sonnenschirm, was für ein einfaches Restprogramm. Ich hatte alles unter Kontrolle, der Schirm trug die an ihm mit beiden Henkeln aufgehängten Taschen bereitwillig.

Ich weiß nicht, kennen Sie den Seitwärtskick beim Fußball, wobei ein Fuß hinter dem anderen zurückbleibt und dieser

Fuß im Anschluss daran mit einer fulminanten Seitwärtskickbewegung den Ball mit dem Innenrist zur Seite katapultiert? Probieren Sie ihn einmal aus, so wie ich bei der Blondine! Nun, Sie werden anmerken, dass bisher von einem Ball noch nicht die Rede gewesen war und da haben Sie vollkommen Recht. Ich musste tatsächlich auf solches Handwerkszeug verzichten und verwendete stattdessen reinen, puren, unschuldigen Sand.

Nun bliebe noch der Zeitpunkt meines Seitwärtskicks zu klären. Natürlich wählte ich just jenen Zeitpunkt aus, an dem sich mein linker, nachgesetzter Fuß exakt auf Augenhöhe mit Blondinchens Gesicht befand.

„Willst du eine Prise Sand?", flüsterte ich halblaut, ehe ich zum Kick ansetzte.

Es wurde auf jeden Fall ein richtiger Volltreffer, im Billard würde man ihn als Kunststoß und beim Fußball „Das Tor des Monats" nennen. Als ich das frisch gebackene Schnitzelsandwich seitwärts im Sand betrachtete, drängten sich mir tatsächlich leichte Ähnlichkeiten mit einem Streuselkuchen auf. Das ganze Gesicht bestand aus einem einzigen Sandhaufen, aus dem zwei Augen dunkel herausfunkelten.

„Verzeihen Sie, keine Absicht!", murmelte ich und meine Fröhlichkeit war wieder hergestellt.

Die Batterie

Bei meinem ersten Aufenthalt in Steinhaus – oder Cadipietra – muss ich ungefähr 16 Jahre alt gewesen sein. Cadipietra liegt eigentlich eher abgelegen im Ahrntal, einem Seitental des Pustertales, und am Ende des Tales hört der Weg einfach auf. Ende der Fahrstrecke: Wanderwege. Wolfgang, Edi und ich machten damals die Skipisten rund um den Klausberg unsicher. Abends saßen wir für gewöhnlich in der alten Dorfschänke in der Ortsmitte und tranken dort genüsslich ein bis zwei Bierchen. Ein Einheimischer war stets zugegen und dieser alte, weißbärtige Mann beherrschte ein seltsames Handwerk: Gegen Entgeld verzehrte er seine Schnäpse stets mitsamt dem Glas. Ich höre heute noch das Knirschen der Splitter, als er mit seinen Zähnen hineinbiss, nachdem er den Schnaps hinuntergeschüttet hatte. Er biss hinein, als handele es sich um ein Stückchen altes, hartes Brot und vom Glas und vom Schnaps blieb nichts mehr übrig!

Noch heute erinnere ich mich an unsere Unterhaltungen an dem runden Holztisch, wie wir uns ernsthaft Gedanken über Speiseröhre und Magenwände des Alten gemacht hatten.

Viele Jahre später, Agi und ich waren längst schon verheiratet und hatten auch bereits unsere beiden Kinder Christina und Kerstin, zog es uns nach den überstandenen Schwangerschaften und den ersten Aufzuchtsjahren wieder einmal nach Italien. Unseren damaligen VW-Bus hatten wir schön ausgebaut mit Klappbetten von Futura, Staukästen und sogar mit einem kleinen Kühlschrank vom Trempelmarkt. Diesen Kühlschrank konnte man durch Einstecken in eine extra eingebaute Steckbuchse problemlos zuschalten.

Zunächst blieben wir eine Woche auf dem Campingplatz Steiner in Leifers, ehe wir wieder nach Norden aufbrachen:

Ich wollte Steinhaus und das Ahrntal wiedersehen. Dort hatten wir eine Ferienwohnung im Appartementhaus „Am Klausberg" gebucht, direkt am Fuße des Hausberges. Eine Riesenwohnanlage aus Beton erwartete uns und wir waren zunächst doch etwas enttäuscht, denn in dieser Betonwüste blieb jeder Gast anonym für sich: Keiner kannte keinen!

Wir unternahmen zahlreiche Wanderungen mit aufregenden Erlebnissen: wild gewordene Kühe und Schafe verfolgten uns, aber dies ist eine eigene Geschichte.

An einem dieser Urlaubstage kamen wir müde und erschöpft von einem Ausflug nach Bruneck heim. Dort waren wir durch die schönen Gassen der Fußgängerzone geschlendert. Vom Dom gelangte man über einen Hügel hinauf zum Heldenfriedhof: beklemmend. In jedem Fall waren wir ziemlich ausgelaugt, als wir den VW-Bus schließlich auf dem Parkplatz vor der Betonwüste abstellten. Wir entluden das Fahrzeug und mitdenkend zog ich zum Schluss eigenhändig den Stecker des Kühlschrankes aus der Buchse: „Damit die Batterie nicht leer wird", erklärte ich gut gelaunt, „sonst ist der Saft alle!"

Anschließend zogen wir uns in die Betonwüste zurück, um den Tag ausklingen zu lassen. Am nächsten Morgen stand ein weiterer Ausflug auf dem Programm und ich wollte den Bus starten. Der Anlasser orgelte zwar recht ausdauernd, aber nichts geschah. Kein Zucken des Motors, kein Anspringen, nur der durchdrehende Anlasser – sonst nichts!

Argwöhnisch inspizierte ich das Innenleben des Motors, als ob ich mich ernsthaft auskennen würde. Ich konnte nichts Verdächtiges entdecken, die Lichtmaschine befand sich ordnungsgemäß an ihrem Platz und der Keilriemen war gespannt. Motor und Batterie waren ebenfalls vorhanden.

„Das muss die Batterie sein, wir haben keinen Strom mehr! Hat jemand von euch vielleicht über Nacht ein Licht brennen lassen?", fragte ich misstrauisch. Alle schüttelten energisch den Kopf. Mitnichten. Ich kontrollierte daraufhin argwöhnisch den Innenraum. Sofort fand ich des Rätsels Lösung: Die Kühlbox! Der Stecker steckte verbotenerweise in der Buchse! Entsetzt blickte ich alle an:

„Wer hat den Stecker wieder hineingesteckt? Ich hatte ihn doch extra abgezogen!"

Keine Antwort! Nun, die Sachlage war klar und eindeutig. Der Kühlschrank hatte die ganze Nacht fleißig vor sich hingetuckert, solange bis er die Autobatterie leergesaugt hatte.

„So ein Mist! Die Batterie ist leer!", hörte ich mich fluchen.

„Wir müssen schieben!"

Das probierten wir sofort, aber es ging bergauf. Wir mühten uns redlich, aber vergeblich. Zu zweit den Berg hinauf – wir hatten nicht den Hauch einer Chance. Hilfesuchend blickte ich mich um. Keiner in Sicht, der uns helfen konnte. In dieser Betonwüste hatten wir mit noch keiner Menschenseele ein Wort gewechselt und nun einfach schellen? Nein, lieber nicht! So dachte ich wohl zunächst. Ich probierte es trotzdem und klingelte munter drauflos, doch nirgendwo öffnete jemand auch nur einen Spalt breit.

„Vielleicht kann uns ja ein Bauer überbrücken", kam mir eine neue Idee. Ringsherum standen diese alten Südtiroler Bergbauernhöfe und dort musste es einfach Hilfe geben. So stapfte ich zum nächsten Hof und klopfte an der Holztüre. Ein alter Mann öffnete mir.

Ich schilderte höflich mein Problem und bat ihn, mir beim Anschieben behilflich zu sein oder mich mit einem Starterkabel zu überbrücken. Ich erhielt keine Antwort, nur ein Kopfschütteln. Und zu war die Tür!

An der Verständigung konnte es nicht gelegen haben, denn in Südtirol ist deutsch bekanntlich ja sogar Amtssprache. Etwas frustriert und genervt zog ich weiter zum nächsten Hof und erzählte dort meine Geschichte. Erneut erntete ich nur ein stummes Kopfschütteln. So erging es mir noch bei zwei weiteren Höfen und mir war eigentlich längst klar geworden, dass mir hier kein Einheimischer helfen würde. Ich wurde wütend und lief zurück. Agi wusste auch keinen Rat, was relativ selten ist.

„Wir müssen die Batterie ausbauen und zum Laden bringen! Hoffentlich gibt es hier eine Werkstatt im Ort!", überlegte ich laut. Wir marschierten zu meiner Schänke aus der Vergangenheit, um uns dort diesbezüglich zu erkundigen. Der alte Mann saß in jedem Fall nicht mehr vor seinem Schnapsglas und Splitter sah ich auch keine mehr. Dafür erhielt ich die Auskunft, dass die nächste Werkstatt weiter unten im Ahrntal, genauer gesagt in der Ortschaft St. Johann (San Giovanni), wäre.

„Na prima, dann musst du auch noch mit dem Postbus fahren!", dachte ich verärgert. Wir liefen zurück zur Betonwüste, ich baute murrend die Batterie aus und verpackte sie in eine Plastiktüte. Muss ja nicht gleich jeder sehen!

„Mann, ist die schwer", dachte ich mir, als ich sie so zur Bushaltestelle schleppte. Gegen 11.00 Uhr kam er angeschippert, der Postbus, und erleichtert stiegen wir vorne ein, meine Batterie und ich, um beim Fahrer gehorsam eine Fahrkarte zu lösen. Doch dieser runzelte plötzlich die Stirn.

„Was haben Sie in der Tüte?", wollte er wissen und betrachtete mich dabei recht argwöhnisch, wohl, weil ich meine Last recht steif mit den Händen weit von mir weg hielt.

„Ach, nur eine leere Autobatterie, die muss ich zum Laden nach St. Johann bringen! Geben Sie mir eine Fahrkarte, bitte!", erklärte ich dienstbeflissen. Wie froh war ich, endlich befördert zu werden, damit sich mein Problem lösen würde. Im Geiste lief bereits alles wie geschmiert reibungslos ab: Bis 12.00 Uhr Batterie abliefern, dann mit dem Bus zurück, danach mit der Familie eine ausgiebige Wandertour auf den Klausberg und in der Sonne ein Gläschen Rotwein. Abends würde ich dann die geladene Batterie abholen – fertig ! So einfach hatte ich mir das ausgemalt, doch leider fehlte mir der Weitblick.

Die Reaktion und die Antwort des Fahrers rissen mich aus allen Träumen: Er drückte auf einen Knopf, die Klapptür des Busses öffnete sich daraufhin schnaubend, und er blickte mich streng und unmissverständlich an: „Sofort raus hier aus meinem Bus! Es ist in ganz Italien verboten, Batterien in öffentlichen Verkehrsmitteln zu befördern! Raus!"

Und er wies mit seinem Zeigefinger eindeutig auf die offene Türe.

„Aber ich ...", setzte ich zur Rechtfertigung an, aber er ließ mich gar nicht zu Ende argumentieren.

„Raus, und zwar sofort, subito – pronto!"

Jetzt war er doch in italienischen Dialekt gefallen. Ich gehorchte widerstandslos, aber doch eher widerwillig, und Steinhaus hatte uns wieder, mich und meine leere Batterie. Hübsch verpackt war sie ja in ihrer Plastiktüte. Die Bustür schloss sich und weg war er.

Ich starrte ratlos auf mein Gepäckstück und verweilte längere Zeit darüber sinnierend, was nun zu tun wäre. In mir reifte ein Gedanke!

„Dann musst du die Batterie eben nach St. Giovanni schleppen!", entfuhr es mir. So begann ich loszumarschieren, abwärts ins Tal, immer an der Bergstraße entlang. Und wie sie in den Armen zog, die Batterie. Mit jedem Schritt wurde sie schwerer und schwerer und ich verwünschte dabei die Kühlbox, den Bus und die Kinder. Wer von den beiden hatte bloß den Stecker wieder hineingesteckt?

Und die Strecke zog sich. An mir rauschten die Fahrzeuge vorbei und keines hielt an, um mich zu fragen, ob ich nicht mitfahren wollte. An Trampen war ja nach der Geschichte mit dem Postbus sowieso nicht zu denken. Also tapfer abwärts, Schritt um Schritt, Meter um Meter, Kilometer um Kilometer.

Ich erinnere mich nicht mehr an alle Flüche und Verwünschungen, die ich dabei ausgestoßen habe. Es waren ungefähr vier Kilometer und ich brauchte dafür eine halbe Ewigkeit.

Trotzdem erreichten wir, ich und meine Batterie, gemeinsam irgendwann das Ortsschild „St. Johann (San Giovanni)". Wild entschlossen suchte ich sofort nach der Werkstatt und fand sie glatt. Welche Ernüchterung: Mittagsruhe – Siesta – geschlossen! Wer schon in Italien war, weiß, dass dann gar nichts mehr geht.

Ich läutete trotzdem und aus dem Haus drangen auch Geräusche, aber niemand öffnete. Ich klingelte energischer, doch erfolglos. Pech gehabt, da stand ich nun mit der Batterie. Ich hatte mich zu gedulden, bis die Werkstatt am Nachmittag erneut öffnen würde, und so setzte ich mich auf eine Parkbank und wartete und wartete. Der schöne Urlaubstag verstrich. Endlich 15.30 Uhr.

Ich konnte bei der Werkstatt vorsprechen und siehe da, es lief plötzlich alles ganz glatt. Der Werkstattbesitzer nahm sie ohne Murren in Empfang und versprach, sie bis zum nächsten Morgen aufzuladen. Ich war beruhigt und glücklich zugleich. Um noch etwas von der verloren gegangenen Zeit einzuholen, suchte ich mir für den Heimweg einen Wanderweg, den ich dann vier Kilometer aufwärts nach Steinhaus zurückjoggte. Der Rest des Tages verlief ohne Zwischenfälle und am nächsten Morgen stand ich gut gelaunt und frühzeitig auf, um meine Batterie abzuholen. Den Postbus wollte ich aus verständlichen Gründen allerdings nicht mehr benutzen, Prinzip ist eben Prinzip, und so joggte ich wieder hinunter ins Tal. In St. Giovanni nahm ich meine frisch geladene Batterie in Empfang. Den Rest können Sie sich sicherlich denken:

Ich verpackte sie wieder in ihre Plastiktüte und trug sie auf Händen wieder die vier Kilometer heimwärts – nur dass es diesmal noch bergauf ging. Unterwegs trafen mich die zahlreichen verwunderten Blicke der mir entgegenkommenden Wanderer, die sich innerlich wohl fragten, warum dieser so schwer schnaufende Mensch eine Einkaufstüte mit ausgestreckten Armen und Händen bergauf schleppte. Sicherlich hätten alle gerne gewusst, welchen Schatz ich im Inneren der Tüte verborgen hielt, und für alle, die mir damals begegnet sind, lüfte ich heute das Geheimnis: Es war eine alte, aufgeladene Autobatterie!

Noch heute, viele Jahre später, erinnere ich mich noch ganz genau an den alten Mann in der Schänke, an die spontane Hilfsbereitschaft der Bergbauern und an den Zustand meiner Arme und Hände am Ende des Aufstieges hinauf nach Cadipietra.

In Castiglione

Agi, die Kinder und ich, wir hatten uns vorab einen Wohnwagen auf dem Campinplatz „Maremma Sans Souci" angemietet und waren problemlos angereist. Nur unsere Ankunftszeit war etwas früher als erwartet ausgefallen, nämlich gegen 2.00 Uhr morgens. Falsches Timing.

Wir suchten uns einen öffentlichen Parkplatz, um dort zu nächtigen, aber der Erfolg blieb eher mittelmäßig: Die benachbarte Diskothek inhalierte ohne Unterlass fröhliche junge Menschen so wie das Fischweibchen, welches seine Jungfische bei Gefahr in sein Maul aufnimmt, nur um sie später um so heftiger auszuspucken und der Umwelt preiszugeben. Grölend umschwärmten sie uns und ich bewachte meine Familie hinter den verriegelten Fahrzeugtüren des Nissan einsatzbereit und in Hochspannung. So durchlebte ich die Restnacht im Gegensatz zur übrigen Besatzung, die um mich herum ausgelassen schnarchte, als Einziger ohne Regeneration. Früh am Morgen schipperte ich uns zum Campingplatz und wir wurden zu unserem Wohnwagen geschickt.

Er stand in einer Mulde hinter den Dünen auf einem winzigen Stellplatz, umgeben von drei Hügeln. Zum Strand hin wurde er begrenzt durch einen Stacheldrahtzaun, der sich unmittelbar vor dem Ausgang des Wohnwagens befand. Der Stellplatz war grauenhaft.

„Wo sollen denn die Kinder spielen?", fragte mich Agi verwundert, „da müssen wir ja dauernd aufpassen, dass die beiden die Hügel nicht hinaufklettern und herunterfallen."

„Und mir gefällt der Stacheldrahtzaun vor meinen Augen nicht", ergänzte ich ihre Bedenken. „Außerdem kommt mir der Wohnwagen seltsam klein vor!"

Das war er in der Tat auch, denn als wir ihn aufgesperrt hatten, bemerkten wir, dass er rein schlaftechnisch nicht ausreichen würde, es fehlte die vierte Schlafgelegenheit für das zweite Kind ganz. Stattdessen hatten sie uns als Zusatzliege eine Art napoleonisches Feldbett zum Aufklappen in den Mittelgang platziert.

„Wir haben einen Wohnwagen für vier Personen bestellt", wetterte ich los. „Und das für 85,-DM pro Nacht! Hier bleibe ich nicht, das ist Betrug!"

Schnurstracks äußerte ich meine Beschwerde an der Rezeption. Sie verstanden mich wohl, machten jedoch deutlich, dass vor Ablauf einer Woche kein anderes Exemplar frei sein würde.

„Scusa signore, la prossima settimana, va bene?"

Murrend nahm ich an und machte mich auf den Rückweg.

„Die 85.-DM bezahle ich nicht, die verklage ich auf Urlaubsminderung!", wütete ich dort lautstark. Agi besänftigte mich: „Komm, wir richten es uns schön ein, dann geht das schon und in einer Woche bekommen wir dann den größeren Wohnwagen. Schau, wir haben auch schon Nachbarn bekommen!"

Sie deutete auf einen der kleinen Hügel hinauf, wo eine mir unbekannte Frau in etwa drei Metern Entfernung zwischen zwei Bäumchen eine Wäscheleine spannte. Ich stand höflich auf, winkte hinauf und grüßte wohlerzogen, was so viel bedeuten sollte wie „Auf gute Nachbarschaft".

Die fremde Frau hingegen deutete auf ihre Wäscheleine, sah auf mich herunter und brüllte barsch herab: „Dass Sie es wissen, das da ist die Trennungslinie zwischen unseren Tischen und Betten!"

Ich zuckte zusammen, so viel verbale Rohheit hatte ich nicht erwartet. Nun betrachtete ich sie mir genauer, ehe ich lachend entgegnete: „Keine Angst, da habe ich bei Ihnen überhaupt keine Bedenken!"

Die Weihnachtsfeier

Jedes Jahr veranstalte ich mit meinen Schülern eine Weihnachtsfeier mit verschiedenartigen Vorführungen im Schulhaus von Barthelmesaurach. Traditionell finden sich zum vereinbarten Zeitpunkt Eltern, Großeltern und Geschwister meiner Schüler im Klassenzimmer ein. Selbst Säuglinge haben sie schon mitgebracht, nur Hunde und Katzen noch nicht. Wir, meine Schüler und ich, sind immer sehr aufgeregt, bis es endlich losgeht. So war dies auch bei einer dieser Feiern vor vielen Jahren, als unsere Kinder Christina und Kerstin noch ziemlich klein und jung gewesen waren.

Zu Beginn zündete ich die Kerzen an und legte eine Weihnachts-CD auf. Dann begannen wir mit dem Lied „Wir bringen Frieden für alle!" Ein altes hebräisches Volksgut. Immer schneller werden dabei Melodie und Rhythmus und der von mir in verschiedenen Sprachen übersetzte Text lässt die anwesenden Gäste stets mucksmäuschenstill zuhören. Die Kinder wiegen sich im Gospelschritt:

„We just want freedom forever …, Vogliamo pace per tutti …, Avez- vouz liberte´ pour nous ..., Hevenu schalom aljechem!" Donnernder Applaus!

Nun folgt ein lustiger Rundkreis mit allen Kindern, in dem das Klassenleben humorvoll in Gedichtform vorgetragen wird. Im Publikum erste Lacher. Ich stehe vorne und schaffe die Überleitungen zu den nächsten Programmpunkten: Gedichtvorträge, Flötenstücke, Weihnachtslieder, Musikstücke auf den Orff-Instrumenten. Ich bin durchgeschwitzt, Schweißperlen auf der Stirne. Alles klappt!

Pause.

Die Eltern essen Plätzchen und unterhalten sich fröhlich und recht ausgelassen. Ich irre hilflos in der Aula herum, trinke einen Tee, den mir Agi zureicht. Gespräche mit den Eltern, ich werde weitergeschoben, schiebe selbst weiter. Nirgendwo ein Ankerplatz. Sie klopfen mir auf die Schulter, Großeltern bedanken sich für die Einladung. Eine Mutter möchte eben schnell noch ein Einzelgespräch über ihren Sohn führen. Höflich lehne ich ab.

Pausenende.

Stress und Anspannung. Instrumentaldarbietungen der Kinder. Alles verschwimmt schemenhaft. Ich blicke in die Reihen vor mir und erkenne nur Gesichter, keine Personen. Agi, Christina und Kerstin winken mir aus der ersten Reihe zu. Meine Überleitungen werden kürzer. Ich sehne das Ende herbei. Die Kinder sind bald mit ihren Instrumentalvorführungen fertig.

Nächster Programmpunkt: Mundartgedichte von Herrn Hirschmann. Höchste Konzentration, mein Puls steigt, das Herz klopft und ich beginne mit dem „Briefbeschwerer", einem Gedicht über einen Schüler, der sich beim Weihnachtsmann postalisch über seinen Lehrer beschwert. Im Saal lautes Gelächter und ich trage das Gedicht nun mutiger und innerlich ruhiger vor. Ich kann mich vom aufgeschriebenen Text lösen und schaffe es, Gestik und Mimik miteinzubeziehen. Donnernder Applaus, Blitzlichter, irgendwo klingelt ein Handy.

Als Nächstes kommt die „Klage des geplagten Schülers". Schon oft vorgelesen – immer ein Erfolg. Jetzt kommt die Stelle, bei der besagter Schüler den Lehrer, also mich, an dessen Hirschgeweih packt und durch das Klassenzimmer zerrt. Ausgelassenes Gejohle. Bald ist Schluss.

Nur noch „Die Story vom Christbaum", das Theaterstück, ein von mir selbst verfasstes fränkisches Rustikal, bei dem es darum geht, was man bei einem Christbaum vor Weihnachten alles falsch machen kann. Die Kinder gehen nach draußen und ziehen sich um. Sie schaffen die Vorführung des Stückes nahezu professionell: Zuerst wird der Christbaum im Wald geklaut, dann auf der Terrasse beim Zurechthacken halb zertrümmert, anschließend die Überbleibsel des Baumes besonders hässlich geschmückt und die ständig rieselnden Nadeln von der Mutter unter jämmerlichem Geschimpfe und Gestöhne mit dem Staubsaugerrüssel eliminiert. Am Ende des Stückes betritt das Christkind im Engelskostüm die Bühne und ein Kind darf die Kerze anzünden: „Vaddär zinnd däi Lichdlä ouh!"

Beifallsstürme ohne Unterlass, die Eltern rufen und pfeifen voller Anerkennung, das Gelächter nimmt kein Ende, die Kinder verbeugen sich auf der Bühne. Aufspringende Gäste: „Standing Ovations". Geschafft!

Der Elternsprecher überreicht mir ein Weihnachtsgeschenk und hält eine Dankesrede. Wie in Trance nehme ich es wahr und an. Meine Kraft und meine Konzentration sind auf dem Nullpunkt. Ich möchte heim!

Agi erhält einen Blumenstrauß und lächelt mir zu. Kerstin und Christina kommen auf mich zu. Ich erwache!

Jetzt kann das Weihnachtsfest kommen, durchzuckt mich ein Gedanke. Ich beginne, mich wohl zu fühlen und verabschiede alle, begleite sie zur Türe, schüttele die Hände, ernte Anerkennung und Lob. Tut gut – jedes Mal!

Großeltern versichern mir, dass sie so eine schöne Weihnachtsfeier noch nie gesehen hätten. Ob sie im nächsten Jahre wohl wieder kommen dürften? Ich lade sie jetzt schon ein. Die letzten Eltern kommen aus der Garderobe. Agi und die Kinder stehen längst neben mir und unterstützen mich. Ich genieße es. Immer noch Verabschiedungen, aber jetzt sind alle draußen. Ich atme tief durch und Agi und ich wechseln einen intensiven Blick: Geschafft, Gustav! Gut gemacht, wie immer!

Zu viert laufen wir ins Klassenzimmer zurück, Agi und ich und die kleinen Kinder. Wir räumen nur das Notwendigste auf. Ich ziehe alle Stromstecker aus den Steckdosen und lösche die Kerzen. Wir packen unseren Korb mit den leeren Tassen, der Teekanne und den Plätzchen. Agi und die Kinder verlassen den Raum.

Ein letzter Blick zurück ins leere Klassenzimmer, eine Drehung aus der Türe und meine linke Hand schaltet von innen das Licht aus, während sich mein gesamter Körper bereits draußen im Gang befindet. Für die Aula regele ich die Beleuchtung über den Sicherungskasten und schalte auf Automatik um. Wir gehen ins Freie und ich schließe die Schule ab. Ich schnaufe nochmals tief durch. Geschafft!

Bepackt mit den Geschenken und dem Korb, unsere kleinen Kindern an den Händen führend, schleppen wir uns zum Auto. Ich sperre auf und wir steigen ein. Ich will den Motor anlassen.

Da brüllt Kerstin aufgeregt: „Ins Klassenzimmer – die Kerze brennt!"

Ungläubig starrte ich sie an und schüttelte zweifelnd den Kopf. Wir hatten doch alles kontrolliert gehabt. Agi zuckte mit den Schultern. Ich rannte zurück, sperrte die Schulhaustüre auf und raste ins Klassenzimmer. Dort flackerte sie noch friedlich, eine letzte Kerze in der Dunkelheit. Direkt vorne am Pult. Unbemerkt. Vergessen. Übersehen. Ich ging nach vorne und pustete sie aus.

Was wäre gewesen, wenn ...?

Der Berufswunsch

Diese Geschichte ist kurz und bündig und ich erinnere mich noch gut an Johannes Kogler, einen ehemaligen Schüler in der 3. und 4. Klasse.

Eines Tages kam er nach dem Unterrichtsende langsam zu mir ans Pult nach vorne geschlendert und stellte sich vor mich hin.

„Willst du noch etwas von mir, Johannes?", fragte ich ihn freundlich.

„Anns waaß iich ganz gwieeß, Härr Hirschmann, däss is su sichär wäi däss Amän in där Kärch, su sunnakloar is däss!", sprudelte es aus ihm heraus.

„Na, was denn, Johannes?", wollte ich neugierig wissen.

„Naa, Lährä wär iich kanna, iich mach amol kann Lährä nedd!", schüttelte er den Kopf.

„Und warum denn nicht, Johannes?", hakte ich interessiert nach.

„No, woas glaums dänn, woas iich dännä Gribbl alläs falsch lärna dääd!", lautete seine prompte Antwort.

Es schneit, es schneit!

In der Regel schneit es vor allem in den kälteren Monaten, wenn sich gegen Ende November der Gewürzduft der frischen Lebkuchen mit dem Aroma des süßlichen Glühweins zu einem einzigartigen Geruchserlebnis verbindet und die Weihnachtsmänner schon langsam ihr Kostüm probieren, um zu sehen, ob es ihnen um die Hüften noch passt. In meiner Geschichte schneit es allerdings zu einem ungewöhnlicheren Zeitpunkt – nämlich bereits am Ende des Monats Mai im Jahre 1991.

Meine Frau Agi und ich lernten uns im November 1979 kennen und lieben und wir blieben fortan als festes Team zusammen. Daran hat sich bis zum heutigen Tag auch nichts geändert.

Unseren ersten gemeinsamen Urlaub verbrachten wir 1980 auf Korsika. Ich zählte an Agis Körper eigenhändig 147 Moskito-Einstiche in einer einzigen Nacht. Mit meiner alten Kodak-Instamatik fotografierte ich einige der Haupttatorte und ärgerte mich zu Hause über die schlechte Bildqualität. Viele Fotos zeigten eine Orangefärbung, waren unscharf oder wirkten wie mit einem düsteren Graufilm überzogen: Der Golf von Galeria mit Lichteinfall von der Seite, unnatürlich rote Sonnenbrände an Agis Extremitäten, verwackelte Mückenstiche. Grantig dreinblickende Legionäre in Bastia: Und alle zu finster.

Und so erwarb ich zu meinem 26. Geburtstag, im Jahre 1981, meine erste Spiegelreflexkamera, eine Canon-A1.

„Komm, wir machen Dias, dann können wir sie abends gemeinsam anschauen. Das ist dann wie Urlaub!", freute sich Agi. Und so klemmten wir von da an unser gemeinsames Leben zwischen zwei Kunststoffrähmchen.

Unseren Frankreich-Urlaub 1981 zur Atlantikküste bei St. Girons-Plage zum Beispiel: Ich sprang mutig ins Wasser und direkt in die Flasche auf dem Meeresgrund, als ich Agi den von mir kreierten „Kubanischen Linkskreisel", einen verwegenen Drehsprung, vorführte. Rettungshubschrauber. Notarzt. Operation.

Oder 1982 unsere Hochzeit samt Hochzeitsreise mit Angie und Dietmar im VW-Bus nach Portugal: Lichterketten in Lourdes, Lissabons Altstadt. Wir gerieten leider aus Versehen an einem Stausee zwischen die Fronten bewaffneter Milizen, die eine Militärübung durchführten, und mussten mitten durch deren Lager hindurchfahren. Angst.

1983 die Fahrt nach Terschelling: Schlimme Nordseestürme. Durch sämtliche Ritzen unserer gemieteten Kate ergossen sich wahre Wasserfontänen in die Räumlichkeiten: Kannen, Eimer, Waschschüsseln.

Christina nach ihrer Geburt am 12.August 1984 im Krankenhaus. Danach Nuckelflaschenbilder, Badeszenen, nur keine Taufbilder: Ich hatte vergessen, den Film einzulegen.

Fein säuberlich in Reih und Glied archivierte Bilder in ordentlichen Diakästen. Übereinandergestapelte, beschriftete und nummerierte Diakästen und Köfferchen. Ein eigenes Regal für die Dias.

Kerstin nach ihrer Geburt am 11. November 1985. Kerstins Taufe – diesmal mit eingelegtem Film. Aus Säuglingen werden Kleinkinder: klick, klick.

Die Kleinkinder sitzen in ihren Hochstühlen und die Lätzchen sind umgebunden. Noch sind diese sauber und frisch. Ebenso die Kinder. Klick. Agi löffelt Spinat aus Gläschen und füttert Christina und Kerstin abwechselnd. Beide lachen noch. Alles aussteigen! Lätzchen und Kinder sehen plötzlich irgendwie seltsam verändert aus: klick, klick, klick. Aus Kleinkindern werden Kindergartenkinder und aus Kindergartenkindern Schulkinder. Hunderte Dias, gerahmt, auf den Kopf gestellt, seitenverkehrt gedreht und in Magazinen verstaut.

1991 zogen wir dann um und transportierten unser gesamtes Hab und Gut im Lastwagen von Pleinfeld nach Wolkersdorf bei Schwabach. Wir hatten uns ein zweigeschossiges Reihenhaus angemietet – oben mit ausgebautem Dachstudio. Dort hinauf trugen wir am Umzugstag den Projektor und die Leinwand. Auch die Dias. Allerdings hatten Agi und ich beim vorherigen Verpacken in Pleinfeld unnötige Arbeit eingespart.

„Die Dias können wir im Regal lassen. Das Regal bringen wir im Ganzen nach oben. Dann müssen wir nichts ein- und ausräumen!"

„Prima Idee!"

So dachten wir damals. Unser neuer Nachbar Klaus half bereitwillig mit beim Transport des Dia-Regals.

„Ganz schön schwer, was habt ihr denn da drinnen?", wollte er neugierig wissen.

„Ach, nur unsere Dias", erklärte ich nichtsahnend und unbedarft. Ich Unwissender ahnte zu diesem Zeitpunkt noch nicht, was in Kürze geschehen würde!

Bis zum ersten Stockwerk waren alle noch bester Laune. Auch Klaus. Wir bogen um das Eck, bewältigten den Gang und widmeten uns der zweiten Treppe. In deren Mitte erkannte ich die Gefahr. Natürlich trugen wir das Regal profimäßig mit den Fächern und Schubladen nach oben gerichtet. Wir waren schließlich keine Anfänger, Klaus und ich. Aber die zum Himmel gerichtete Frontseite hatte leider einen entscheidenden Nachteil: Automatisch zeigte so die dünne, elastische Rückwand nach unten. Und diese bog sich genau in der Mitte durch, exakt dort, wo eine Kunststoffschiene die zwei Einzelteile der Rückwand für gewöhnlich zusammenfügt und -hält. Aber nicht mehr in unserem Falle!

„Achtung, die Rückwand bricht!", brüllte ich Klaus noch zu, jedoch zu spät!

Welch ein hässliches Geräusch verursacht so ein berstendes Stück gepresster Pappe! Klaus und ich versuchten sogar noch, durch geschicktes Ein- und Umgreifen den Prozess der Zerstörung aufzuhalten, allerdings vergebens. Die Rückwand brach, die Kunststoffschiene schnalzte förmlich aus ihrer Position und segelte als erstes hinab.

Nun – auch unsere Kästen und in ihnen die Magazine mit den Dias folgten jenen natürlichen Gesetzen der Erdanziehungs- und Schwerkraft und verließen daher rücklings ihr schützendes Domizil. Sie schlugen hart auf der Treppe auf. Die Verschlüsse der Diakästen hielten dem Druck nicht stand und gaben beim Aufprall nach. Die Magazine prallten als Nächstes auf die Treppenstufen. Klaus und ich, wir konnten nur noch fassungslos zuschauen, wie die Diarähmchen aus ihren Magazinschlitzen herausgeschleudert wurden und ebenfalls hinabsegelten – bis sie sich alle unten im Keller wieder trafen. Keines war verloren gegangen!

„Es schneit, es schneit", riefen Christina und Kerstin.

Agi und ich benötigten ungefähr ein halbes Jahr, also bis Ende des Monats November, bis wir die Gesamtheit unserer Bilder wieder chronologisch in die richtige Reihenfolge gebracht hatten; einsortiert in neu gekaufte Magazine und Diakästen. Diese stapelten wir ordentlich beschriftet in einem neuen Regal übereinander.

Und dann schneite es tatsächlich – allerdings jahreszeitlich bedingt.

PS: Beim nächsten Umzug haben Agi und ich wie selbstverständlich das Regal leer geräumt, bevor wir es nach unten trugen.

Liegt Russland nicht bei Leningrad?

„Du, Schatz, wohin sind eigentlich Erwin und Doris in den Urlaub gefahren?", fragte ich meine liebe Frau neulich neugierig. Nicht dass dies für mich von übergeordneter Bedeutung gewesen wäre, nein, mich interessierte lediglich das Skigebiet: Ich wollte wissen, ob es sich rentieren würde, im ADAC-Atlas nach neuen Ziehwegen, Abfahrten und Einkehrschwüngen Ausschau zu halten.

„Teutoburger Wald", raunte sie mir im Vorübergehen zu – und weg war sie. Ich blieb allein in meiner Not. Ich merkte, wie sich meine Stirn in tiefe Falten legte und wie meine Augen ungläubig zuckten.

„Teutoburger Wald", flüsterte ich für mich im Selbstgespräch und meine linke Hand fuhr unschlüssig über das Kinn.

„Gibt es da überhaupt Berge?", hörte ich mich zweifeln und in Gedanken reiste ich zurück in jene bedeutungsvollen Tage der germanischen Geschichte. Gleichzeitig sortierte mein Erdkundegehirn topografische Landkarten in Windeseile, um sich einen ersten Überblick über die Erhebungen dieser Region zu verschaffen. Doch es wollte sich kein Bild einstellen und auch mein Geschichtswissen blieb momentan eher unscharf. Sollte ich gerade hier an der Schnittstelle zwischen Geografie und Geschichte in der Schule versagt haben oder war eine längere Abwesenheit vom Unterricht – eine Krankheit etwa – die Ursache meiner Unwissenheit?

Jetzt endlich lieferte mein Gehirn die erste Deutschlandkarte mit Erhebungen, Gipfeln, Flussläufen und politischer Gliederung der einzelnen Bundesländer. Ich merkte, wie ich bereits bei dieser ins Schleudern geriet, denn es gelang mir nicht, den Teutoburger Wald darin richtig unterzubringen. Enttäuscht widmete ich mich den geschichtlichen Aspekten.

„Teutoburger Wald", so hörte ich mich ächzen und stöhnen. „Da war auf jeden Fall die große Entscheidungsschlacht zwischen den Römern und Germanen!"

Und jetzt lief es wie am Schnürchen. Sofort fiel mir die Jahreszahl 9 nach Christus ein, ich sah Hermann, den Cherusker (aber hieß der nicht Arminius), mit seinen Horden durch den Schlammwald ziehen, wie er Varius, den Römer, inmitten seiner drei Legionen angriff, besiegte und vernichtete, sah Hunderte von Schlachtrössern im Morast versinken und blinkende Schwerter und Lanzen als riesige Haufen an Kriegsbeute mitten im Teutoburger Wald liegen.

Jetzt blickte ich mich nach irgendeiner Erhebung oder einem Gipfel um, aber da war nichts, keine Seilbahn, noch nicht einmal ein alter Schlepplift!

So fragte ich einen alten Germanen, aber der konnte mir auch nicht weiterhelfen. Ich erwachte aus meinem Tagtraum.

„Wo soll man da bloß Skilaufen?", fragte ich mich verwundert.

„Aber, steht dort nicht auch ein Denkmal?", fiel es mir urplötzlich ein.

„Ist da nicht irgendein klitzekleiner Hügel?" Aber ich konnte mich auch täuschen.

Plötzlich meldete sich mein Erdkundegehirn abrupt wieder. Geduldig wartete ich ab, bis ich die richtige Karte hatte. Nördlich von Kassel muss er liegen, wusste ich jetzt, oberhalb des Ruhrgebietes, zur Weser hin, dessen war ich mir nun sicher. Aber sofort protestierte in mir eine übergeordnete Instanz. Man sollte nicht oberhalb und unterhalb und zur Weser hin sagen, sondern mit richtigen Himmelsrichtungen beschreiben. Ich gab der Instanz Recht, verzichtete aber trotzdem auf die Himmelsrichtungen und gab mich zufrieden.

„Bist du sicher, dass die da wirklich beim Skifahren sind?", warf ich ein, als meine Frau kurz vorbeischwebte. „Kann es nicht sein, dass sie heuer bloß wandern?"

„Nein, nein, die haben doch die Ski eingepackt", beruhigte mich meine Frau – und weg war sie wieder.

„Kann es nicht Thüringer Wald oder Hohe Tatra geheißen haben?", rief ich ihr noch nach und schöpfte neuen Mut. Sie blickte zurück ins Zimmer. „Nein, ganz sicher, es hieß Teutoburger Wald!"

Ich blieb verstört zurück und war kurzzeitig versucht, im Campingführer nach einem geeigneten Campingplatz zu suchen, verwarf den Gedanken aber wieder. Stattdessen folgte ich meiner Frau in die Küche.

„Hieß es vielleicht Winterberg oder Erzgebirge?", bohrte ich weiter. Sie schüttelte verneinend den Kopf und blieb hartnäckig bei Teutoburger Wald.

Ich verzichtete, sogleich nach Oberhof oder Reit im Winkl zu fragen.

„Aber meiner Meinung nach sind sie doch nach Österreich gefahren, so wie jedes Jahr. Die fahren doch immer nach Sölden!", gab ich zu bedenken.

„Aber dort sind sie heuer nicht, diesmal heißt es anders!", lautete die eindeutige Antwort.

„Ja, wie heißt es denn heuer?"

„Jetzt fällt es mir endlich ein, sie sind im Tannhäuser Tal!"

Völlig verstört musste ich sie angeblickt haben, denn dass sie jetzt noch meine Musikkenntnisse auf die Probe stellen wollte, ließ mich doch erschauern.

„Tannhäuser Tal", stammelte ich fassungslos. „Kann es sein, dass sie im Tannheimer Tal sind?"

„Ja, genau, so hieß es: Tannheimer Tal! Genau da sind Erwin und Doris jetzt!"

Der Luna-Park

Seit meiner Kindheit liebe ich Luna-Parks. Der Erste, den ich je kennen gelernt hatte, befand sich in „Gatteo a Mare" und ich durfte mit meinen 15 Jahren das erste Mal alleine losziehen. „Bella ragazza" interessierten mich damals schon und so war ich mächtig aufgeregt.

Doch davon handelt diese Geschichte nicht.

Alles hat sich viele Jahre später auf dem Luna-Park von Cavallino zugetragen. Genau gegenüber unseres Campingplatzes „Europa" befand er sich und so hatten ihn meine beiden Töchter Kerstin und Christina, beide noch nicht im Teenie-Alter, längst entdeckt. Beide blickten jeden Tag sehnsüchtig zu den bunten Lichterketten hinüber und so versprach ich ihnen und meiner Frau Agi großherzig einen Abendbesuch.

Und so zogen wir vier chic angezogen und aufgestylt los, um uns zu amüsieren. Dass dabei ein für mich außergewöhnlicher Nervenkitzel, ein Adrenalinstoß der Extraklasse, herauskommen würde, ahnte zu diesem Zeitpunkt noch niemand. Kurzum, wir stolzierten durch den Park und entdeckten am Ende ein „Berg- und Talfahrt-Fahrgeschäft". Die einzelnen Gondeln schaukelten lustig hin und her und bei rasender Fahrt auf und ab und bunt durcheinander.

„Das geht aber flott", so mag ich wohl gedacht haben und wir blieben stehen und schauten den vorbeihuschenden Gondeln nach. Am interessantesten fand ich hierbei das automatische Verschlusssystem dieser Kabinen: „Zack" und zu waren sie, wie von Geisterhand verschlossen. Von oben klappte nämlich blitzschnell eine Abdeckwand aus Zeltstoff herab, sodass alle Insassen in Windeseile verhüllt waren. Der Leinenstoff der Abdeckwand war seinerseits über mehrere Stahlrohre verlegt und an diesen auch gut befestigt worden. Soweit zur Technik.

„Ziemlich vorsintflutlich, das Ding da!", rief ich meinen Töchtern und meiner Frau belustigt zu, „wollen wir mal?"
Alle schüttelten den Kopf und lehnten dankbar ab.
„Ihr seid Angsthasen, dann fahr ich eben alleine!"
Und weg war ich. Schnell noch einen Chip geholt und schon saß ich in einer Gondel und lehnte mich lässig nach draußen. Die Gondeln setzten sich nun langsam in Bewegung, vorwärts und im Kreis herum. Immer wieder wurde angehalten, damit die letzten freien Gondeln noch belegt werden konnten. Bei jeder dieser zahlreichen Einführungsrunden winkte ich betont weltmännisch zu meiner Familie hin.
„Langsam könnte es aber wirklich losgehen", dachte ich und wurde innerlich sogar schon etwas ungeduldig. Ich beugte mich aus der Gondel und rief etwas übermütig nach draußen: „Alles unter Kontrolle und ist ja lappo!",.
„Zack!" Da war es geschehen. Das Dach war automatisch herabgeklappt, was an und für sich kein Problem gewesen wäre, wenn sich nicht mein Kopf zur selben Zeit außerhalb der Gondel befunden hätte. Ich weiß nicht, ob Sie verstehen, was ich meine: Mein Körper befand sich im Inneren der Kabine, dann kam der Leinenstoff mitsamt dem Stahlgerüst und dann erst mein Kopf samt Hals.
Meine Frau winkte soeben das nächste Mal und ich weiß nicht, ob sie mir noch einen Handkuss zugeworfen hatte, als sich das Gefährt endgültig in Bewegung setzte. Ich wollte ihr noch einen Hilferuf zukommen lassen, aber da war ich auch schon an ihr vorbeigeschaukelt.
Ich geriet in Panik und brüllte los, aber umsonst: Die Fahrt hatte begonnen und keiner meine missliche Lage bemerkt. Niemand stoppte den Betrieb! Jetzt erkannte ich die Gefahr: Wenn irgendwo eine Eisenstange oder ein Eck hervorstehen würde ...?
Ich brüllte aus Leibeskräften, aber offensichtlich interpretierte jeder meine Rufe als Lustschreie. Inzwischen war ich mit

meiner Gondel im hinteren, nicht einsehbaren Teil des Fahr-
geschäftes verschwunden.

Diese erste Runde werde ich niemals vergessen und sie dauerte für mich eine Ewigkeit: Auf und ab, Berg und Tal –
und mein Kopf befand sich immer draußen. Ich vermute,
Bungee-Jumping ist im Vergleich dazu vom Adrenalinkick
her eher etwas für Anfänger, verhinderte Milchbabys oder
Weicheier.

Kurz gesagt – ich hatte Todesangst und schloss mit meinem
Leben ab. Meinen Angstschreien ließ ich dabei freien Lauf.
Ich rüttelte und schüttelte an dem Stahlgerüst, ohne es von
außen überhaupt sehen zu können. Der Erfolg blieb aus.
Jetzt sauste ich an meiner Familie vorbei und die Fahrt wurde schneller und schneller. Ab jetzt kann ich mich nicht
mehr an alle Einzelheiten erinnern, aber mein Herz klopfte
wie wild.

„Bei der ersten Runde ist dir nichts geschehen", zuckte es mir
durch den Kopf. Aber gleich darauf: „Wenn die Fahrt noch
schneller wird, was dann?" Und sogleich war das der Fall und
ich schoss förmlich im Kreis herum.

„Die Fliehkräfte werden deinen Kopf nach außen ziehen! Und
bei der schnellen Berg- und Talfahrt …?"

So oder ähnlich verliefen meine Gedanken. Ich schloss die
Augen und ergab mich meinem Schicksal. Erst als ich mehre-
re Runden im schnellsten Tempo absolviert hatte, ohne dass
mir etwas zugestoßen war, konnte ich mich leidlich entspan-
nen. Aber wirklich genießen konnte ich die Fahrt nicht mehr.
Die Gondeln wurden etwas langsamer und ich öffnete die
Augen, aber lächeln konnte ich noch nicht, als ich das letzte
Mal an meiner Familie vorbeisauste. Die Gondeln liefen aus.
Alle standen. „Zack!" Und ich war befreit.

Wie von Geisterhand bewegt war der Leinenstoff samt Stahlgerüst verschwunden und mein Kopf wieder frei. Ich konnte
ihn noch bewegen, aber er schmerzte. Ich öffnete die Kabi-

nentür und wankte ins Freie. Ich rieb mir den Hals und torkelte vorwärts.

„War das Absicht, dass du deinen Kopf immer draußen gelassen hast?", begrüßte mich meine Frau liebevoll.

Die Story von der Lichtmaschine

Ein Auto ist ein technischer Gegenstand und darf als solcher auch einmal kleinere Schwächen zeigen. Klar, dass nach acht Betriebsjahren leichte Mängel auftreten können, das entschuldigt doch jeder. Wen stört schon ernsthaft ein durchgerosteter Auspuff, der röhrt wie ein brunftiger Hirsch oder eine defekte Lichtmaschine? Lichtmaschinen können kaputtgehen, das weiß doch heutzutage schon jeder Keilriemen. Und welche Taschenlampe hält schon ewig? Frag mal deine Kinder! Was soll also die ganze Aufregung?

Zunächst sah ja auch alles ganz harmlos aus. Nur die komischen Flecken auf der Kühlerhaube störten mein ästhetisches Empfinden ein wenig und irgendwann kam ich auf die Idee, meinem Werkstattmeister, Herrn Weiß, diese wachsweißen Flecken zu beichten. Ich zeigte sie ihm unbedarft.

„Das ist die Lichtmaschine, sie ist kaputt!", wusste er spontan fachmännischen Rat. Ich hatte leise Einwände. „Aber es geht doch noch alles. Wenn es die Lichtmaschine wäre, hätte ich doch keinen Saft mehr!"

So oder ähnlich argumentierte ich Ahnungsloser damals.

„Das ist auch nicht das Problem. Ihre Lichtmaschine produziert zu viel Strom!"

Ich musste wohl recht ungläubig geschaut haben, denn Herr Weiß erklärte bereitwillig weiter: „Schauen Sie, Herr Hirschmann, Ihre Lichtmaschine produziert zu viel Saft für die Batterie, das Batteriewasser fängt zu kochen an, es drückt Ihnen die Säure aus der Batterie und die spritzt am Rand heraus auf die Kühlerhaube. Daher die Säureflecken im Lack!"

Ich verstand kein Wort davon. Wer hat schon jemals davon gehört, dass eine Lichtmaschine zu gut funktioniert und deswegen kaputt sein soll? Ich kannte keinen. Locker hielt ich mich am Auto fest und streichelte meine Kühlerhaube behutsam.

„Können Sie sie reparieren?", hauchte ich hoffnungsvoll, doch ein bedauerndes Kopfschütteln riss mich aus meinen Illusionen. „Reparieren, nein, das geht nicht. Da brauchen wir eine komplett neue Lichtmaschine. Das machen wir im Tausch. Ich nehme die alte entgegen und bestelle Ihnen eine neue. Aber das kann etwas dauern, die Dinger haben eine lange Warteliste. Solange können wir noch mit der alten herumfahren. Ich kümmere mich darum, rufen Sie morgen wieder an!"

„Wie teuer wird denn das und wie lange wird es dauern?", bohrte ich gnadenlos nach, doch Herr Weiß zeigte verständnisvolle Geduld.

„Wenn wir das beim Nissan-Händler bestellen, geht es zwar viel schneller, es wird aber doppelt so teuer, weil dann ein Originalteil eingebaut wird. Bei meinem Zwischenhändler werden aber Originalteile nachgebaut, die nehmen wir, das wird dann viel billiger, aber es dauert ein bisschen. Rufen Sie doch morgen nochmals an!"

Das war zwar endgültig, aber meine Neugier war noch nicht restlos gestillt.

„Kann denn nichts passieren, wenn ich mit der alten herumfahre?"

„Nein – solange Sie damit keine längeren Reisen unternehmen, geht das noch in Ordnung. Wann fahren Sie denn in Urlaub?", erkundigte sich Herr Weiß zuvorkommend. Ich rechnete sogleich hoch.

„In sechs Wochen!", jubelte ich voller Vorfreude, in der Gewissheit, den Schaden rechtzeitig bemerkt zu haben, und in Gedanken tuckerte ich ein paar Sekunden lang bereits über den Brenner in Richtung Brixen, was mich in extreme Hochstimmung versetzte.

„Bis dahin ist alles längst erledigt! Morgen weiß ich mehr!"

Ich war zufrieden und ließ mich von meinem Nissan nach Hause kutschieren. Und so verbrachte ich die Nacht recht ruhig. Am nächsten Tag trieb mich die Neugierde wieder zur Werkstatt, anstatt bloß anzurufen.

Herr Weiß empfing mich achselzuckend.

„Das dauert länger, die Warteliste ist recht lang. Sie sind übrigens auf Platz 85! Aber das macht nichts, wir haben ja sechs Wochen Zeit! Rühren Sie sich so in zwei Wochen wieder! Oder möchten Sie lieber die teure Lösung über den Nissan-Händler?"

Ich verneinte entschieden. Als ich mit meinem Primera heimfuhr, schnaubte ich ungläubig und andauernd „fünfundachtzig, fünfundachtzig" kopfschüttelnd vor mich hin. Im Nachhinein muss ich sagen, dass es gut war, in dieser Situation nicht auf eine Polizeistreife getroffen zu sein, denn die Beamten hätten zweifelsfrei entweder auf Drogen oder auf Alkohol getippt. Meine Frau beruhigte mich wieder und so zogen zwei Wochen ins Land und der Urlaub rückte näher.

„5840" – so lautet die Telefonnummer von Herrn Weiß und die kenne ich auswendig, das kann ich Ihnen flüstern. So musste ich nicht im Telefonbuch nachsehen, als ich mich nach zwei Wochen wegen der Lichtmaschine erkundigte. Bei meiner Recherche erfuhr ich, dass ich nun schon auf Platz 35 vorgerückt sei. Herr Weiß war guter Hoffnung, dass wir in den nächsten beiden Wochen weiter auf der Warteliste nach vorne rutschen würden. Und so erinnerte ich ihn zuversichtlich an meinen bevorstehenden Urlaub, aber der Gedanke mit einer kochenden Batterie samt Wohnwagen irgendwo zwischen Innsbruck, Stubaital und Sterzing kleben zu bleiben, ließ mich zu Hause sofort meinen ADAC-Schutzbrief hinsichtlich dessen Gültigkeit überprüfen.

Wieder zogen die Tage ins Land und ich wurde langsam nervös. Sollte der Urlaub in Gefahr geraten? Sollte ich auf die teure Variante umschwenken? Mitnichten – so weit war ich noch lange nicht. No risk – no fun!

Herr Weiß erlöste mich eines Tages. Aufgeregt rief er mich an.

„Herr Hirschmann, Herr Hirschmann, Ihre Lichtmaschine!"

„Was ist mit der Lichtmaschine?"

„Sie ist da!"

Ich war fassungslos, aber der Rest war schließlich reine Formsache, die Reparatur verlief erfolgreich und ohne Komplikationen und wir starteten glücklich in den Urlaub.

Sie denken, die Geschichte ist aus, wie langweilig, schade, ein bisschen Pfeffer hätte nichts geschadet, oder so ähnlich. Ich kann Sie beruhigen, die Geschichte fängt erst an und ich bitte Sie hiermit um die erforderliche Geduld. Ich musste sie ja auch haben, als ich auf die neue Lichtmaschine wartete.

Wie herrlich sind die Urlaubswochen, vor allem, wenn man mit dem Auto mobil ist! Wie beneiden einen die Wohnmobilbesitzer am Gardasee, die am Stellplatz angekettet festhängen wie verspannte Ölsardinen. Ich genoss diese Freiheit redlich und freute mich regelmäßig ob meines Vorteils, jederzeit fahrbereit zu sein. Doch plötzlich die Ernüchterung: „Oing, Oing, Oing." Nichts ging mehr, mein Primera gab nur noch leise Zuckungen von sich. Ich riss die Motorhaube auf und blickte fachmännisch auf den Motorblock. Er war noch da. Ich rüttelte an den Gummischläuchen wie ein Taucher an seinem Atemgerät und kontrollierte anschließend das Batteriewasser und die Elektroden. Ich checkte den Keilriemen, aber der war gespannt wie ein Flitzebogen. Ich riss den Sicherungskasten auf und überprüfte exzessiv sämtliche Sicherungen, was nie ein Nachteil sein kann. Meine Wohnmobilfreunde wurden daraufhin hellhörig und scharten sich um meinen Primera. Ich hörte so hässliche Worte wie „defekte Lichtmaschine, kaputter Anlasser, auf jeden Fall nicht die Batterie!" Und schon wurde mein unschuldiger Primera an ein Messgerät angeschlossen. Die Diagnose war niederschmetternd.

„Deine Lichtmaschine ist kaputt!"

„Unmöglich, die ist doch nagelneu", hörte ich mich fassungslos stammeln. „Ihr müsst euch täuschen!"

Doch sie schüttelten bedauernd den Kopf. „Irrtum ausgeschlossen!"

Ich bedankte mich artig mit einem Gläschen Wein bei meinen Freunden. Ob es an diesem einem Gläschen lag, dass mich ein freundlicher Grieche am anderen Ende der Leitung nur unzureichend verstand, kann ich leider nicht mehr sicher nachvollziehen. Auf jeden Fall war er vom ADAC-Notdienst und des Deutschen doch eher leidlich mächtig. Aber er war nett und höflich. Ich buchstabierte ihm meine Notlage und er krächzte heiser zurück.

„Du müssen in Werkstatt, wo du sein?"

Ich erklärte ihm meinen Standort M-a-n-e-r-b-a und bettelte um die nächste Nissan-Händler-Adresse. Der nette Grieche hatte ein Einsehen, aber er jammerte seltsame Worte wie „Lonato und Montichiari" mit griechischem Akzent in die Muschel. Das konnte mich nicht zufrieden stellen, aber ich ließ nicht locker und wollte es auch auf Deutsch wissen, und so nahm sich der Grieche noch etwas Zeit zur Erklärung.

„In Lonato bei Montichiari – Nissanhändler!"

Ich bedankte mich überschwänglich und raste zur Rezeption. Ein kurzer Blick auf die Karte und mich traf die Steinzeitkeule: 35 km einfache Entfernung vom Campingplatz ins Landesinnere. Ich schilderte Livio, dem Besitzer, mein Problem und verfolgte anschließend gespannt dessen Gespräch mit der Werkstatt in Lonato – ohne ein Wort mitzukriegen.

„Pronto!", meinte Livio selbstzufrieden und schlug sich auf die Oberschenkel und mir anschließend auf die Schulter.

„Morgen früh hast du Termin, kannst du hinfahren!"

Ich war zunächst begeistert, aber erinnerte mich jetzt daran, dass es sich ja um einen Garantiefall handelte, denn die Lichtmaschine war ja nagelneu. Wie sei da zu verfahren? Ich wusste sogleich, was der nächste Schachzug sein musste! Sie raten richtig, aber ob Sie sich genauso gut an die Nummer erinnern wie ich, das wage ich doch zu bezweifeln: 5840. Wie beim kleinen Einmaleins: 5 x 8 = 40.

Ich wählte in Sekundenschnelle samt Vorwahl : 0049-9122-5840.

„Tankstelle Weiß, Auernried am Apparat, was kann ich für Sie tun?"

„Hier ist Herr Hirschmann, ich rufe aus Italien an, kann ich Herrn Weiß bitte sprechen?"

„Einen Moment – ich verbinde!"

Ich sauste durch die Warteschleife und summte leise die Melodie mit.

„Tankstelle Weiß – Werkstatt!"

Ich schilderte Herrn Weiß mein Missgeschick in groben Zügen und er schien doch betroffen zu sein. Da blieb keine Zeit mehr, um sich zu „siezen", das kann ich Ihnen flüstern und seitdem duzen wir uns. Jürgen war entsetzt und ungläubig ob der neuen, kaputten Lichtmaschine und bestätigte mir meinen Garantieanspruch sofort. Allerdings wäre es von Vorteil, das defekte Teil nach der erfolgten Reparatur zwecks Garantieabwicklung nach Deutschland mitzubringen. Ich sagte leichtsinnig und ohne nachzudenken zu und fasste neuen Mut. „Alles läuft ja wie am Schnürchen", so ertappte ich mich insgeheim beim voreiligen Denken.

Doch wie nach Lonato kommen und vor allem wie zurück?

Dies war der Moment, in dem mein Wohnwagennachbar, Herr Beil, das erste Mal aktiv in das Geschehen eingriff. Er bot sich sogleich an, mich am nächsten Tag mit seinem Auto zu begleiten, um mich zurückzuschippern. Dankend nahm ich diese Offerte ebenso spontan an, genauso wie das Angebot meiner Wohnmobilfreunde, mir meinen Primera morgen früh zu überbrücken. So schlief ich beruhigt ein.

Lonato war schwierig zu finden, doch Herr Beil schaffte es. Der Werkstattleiter nahm mein Fahrzeug und die Papiere in Empfang und studierte diese eifrig.

„Non ci sono problemi. Deve chiarmarmi domani." Ich hatte verstanden.

Am nächsten Morgen hatte ich die Sekretärin am Apparat. Ein italienischer Redeschwall überschwappte mich wie eine riesige Welle und ich schwamm mittendrin. Ich erriet trotzdem, dass der Chef abwesend sei, und er blieb es auch bis in die späten Nachmittagsstunden. Ich muss auf Herrn Beil einen etwas nervösen Eindruck gemacht haben, denn er fuhr mich erneut bereitwillig nach Lonato.

Ich enterte die Werkstatt in der Gewissheit, mein Auto repariert vorzufinden, doch der Werkstattleiter versicherte mir glaubhaft, dass dies nicht der Fall sei.

„Difficile, difficile", murmelte er und kratzte sich am Kopf. „Questa macchina di luce e male", oder so ähnlich klang das auf mich. „Non e possibile di riparlarla subito. Deve provare domani. Ciao!"

Ich hatte genug verstanden und verschwand mit meinem Chauffeur aus dem wohlbekannten Ort Lonato. Lobend sei erwähnt, dass sich Herr Beil auf der Rückfahrt wie selbstverständlich bereit erklärte, mir auch seinen nächsten Urlaubstag zu opfern. Ich musste einfach annehmen!

Doch am Campingplatz angekommen, keimten in mir die ersten leisen Zweifel. Ich begann zu rechnen. Am 31.Mai war das Missgeschick passiert. Das war am Montag gewesen. Am 1. Juni hatten wir die Kiste, so nannte ich meinen Nissan fortan, zwecks Schadensbehebung nach Lonato gebracht. Das war gestern, also dienstags, gewesen. Jetzt war also bereits Mittwoch, der 2. Juni, und noch nichts war geschehen. Mich traf es wie ein Blitzschlag: 3. Juni – Fronleichnam.

Sollte das hier in Italien ebenfalls ein Feiertag sein? Was würde dann aus meinem Auto werden? Panik ergriff mich, als ich weiter hochrechnete. Am Montag, dem 7. Juni, wäre ja Schulbeginn. Was nun, wenn die Reparatur nicht klappen sollte? Fieberhaft rasten meine Gedanken und ich hatte bald die Lösung: der ADAC! Klar, die müssen uns heimschleppen! Wir haben ja den Super-Schutzbrief!

Sofort rief ich in München an, ohne diesmal auf meinen griechischen Freund zu stoßen und erläuterte mein Problem. Das war schwierig, denn der Mann am anderen Ende wollte definitiv wissen, ob ich nun Hilfe bräuchte oder nicht. Ich bat um Bedenkzeit und um eine generelle Diskussion meiner Schwierigkeiten.

„Wäre es wohl möglich, mich mit meiner Familie samt Hund, Wohnwagen und defektem Auto heimzuholen, falls die Reparatur in Lonato nicht klappt? Ich bin doch schon 25 Jahre zahlendes Mitglied im ADAC!"

„Das geht nur, wenn wir Ihnen nicht innerhalb von drei Werktagen ein Ersatzteil schicken können. Das schaffen wir aber ohne Probleme, wenn Sie es wünschen. Wünschen Sie das oder wünschen Sie das nicht?

Ich saß wie auf Kohlen, denn mein Auto befand sich ja bereits, wie Sie wissen, seit exakt zwei Tagen in Lonato! Am Ende hätte ich mit zwei neuen Ersatzteilen dagestanden. Was hätten Sie an meiner Stelle gemacht? Der ADAC-Mann verstand mein Problem nicht, er wurde nun eher ungeduldig und forderte eine Entscheidung.

„Wollen Sie nun das Ersatzteil oder nicht? Faxen Sie doch den Kfz-Schein so schnell wie möglich nach München, Sie wissen doch, morgen ist Fronleichnam, da geht gar nichts. Wenn Sie baldmöglichst die Lichtmaschine wollen, dann müssen wir sie unbedingt heute noch bestellen. Ich gebe Ihnen bis 17 Uhr Zeit, es sich zu überlegen. Rufen Sie doch nochmals an, ich habe bis 17.00 Uhr Dienst!"

Erleichtert schnaufte ich durch, als er mich endlich abgehängt hatte. Es war jetzt 16 Uhr. Eine Stunde Bedenkzeit, Zeit genug, um sich bei einem Gläschen Wein und einer Pfeife die Lösung zu überlegen.

Herr Beil winkte freundlich von seinem Stellplatz herüber und erinnerte mich augenzwinkernd und gut gelaunt an den morgigen Trip nach Lonato. Ich winkte artig zurück, doch in meinem Kopf klaffte ein riesiges Loch. Da kam mir meine Frau zu Hilfe: Wir rechneten gemeinsam die Tage hoch, aber nicht die, die Sie denken.

Drei Werktage Lieferzeit, der Donnerstag Fronleichnam, also der erste Tag ein Freitag, dann Samstag, dann Sonntag, da geschieht nichts, also Montag der zweite Tag und Dienstag der dritte Werktag. Ankunft der Lichtmaschine frühestens am Dienstag. Reparatur dann am Mittwoch, früheste Heimkehr dann am Donnerstag.

„Das ist unmöglich!", resümierten wir wie aus einem Munde und die Kinder bestätigten dies durch ihr entsetztes Kopfnicken. Verzweiflung machte sich breit, aber ich wusste Rat. Sofort kontaktierte ich meinen ADAC-Mann und schilderte ihm meine Bedenken. Ich bat erneut um einen Heimtransport seitens seines Vereins. Er blieb aber standhaft, nahezu desinteressiert, ungerührt und verweigerte die Heimholung wegen der defekten Lichtmaschine. Ich hätte gefälligst auf das Ersatzteil zu warten!

„Entscheiden Sie sich doch endlich!"

Dankbar verzichtete ich und richtete fortan meine gesamte Hoffnung auf Lonato aus.

Am nächsten Tag war ich früh auf den Beinen, aber telefonisch erreichte ich erneut nur die Frauenstimme in der Werkstatt. Ich wusste Bescheid.

Der Nachmittag nahte und Herr Beil brachte mich sicher durch den Nachmittagsstau auf der Bundesstraße nach Desenzano. Ich ging im Geiste schon die finanzielle Abwicklung meines Garantiefalles durch und kam zu der Erkenntnis, dass ich wohl alles würde vorstrecken müssen. Und dann hätte ich ja doch das teuere Original-Nissan-Ersatzteil eingebaut bekommen und müsste die Differenz dazu aus eigener Tasche bezahlen. Ich seufzte leicht und sagte zu mir: „Na ja, macht nichts, du darfst nur nicht die ausgebaute Lichtmaschine vergessen." So in etwa waren meine Gedankengänge, bis wir beim Nissan-Händler stoppten.

Mich hielt nun nichts mehr und ich hastete nervös in Richtung Werkstatt in freudiger Erwartung, meine Kiste ordentlich zur Abholung geparkt anzutreffen. Ich bog um die Ecke und dann blieb ich wie festgewurzelt stehen. Da vorne stand sie mit offenem Visier und drei Mechaniker standen kopfkratzend daneben und rauften sich die Haare. Ich wusste Bescheid! Wieder nichts!

„Signore, ce un grande problema. Non e possibile trovare una macchina di luce in tutta Italia per Lei!"

Er erklärte mir händeringend, dass es für mein Baujahr und für meinen Typ in ganz Italien keine passende Lichtmaschine gäbe, aber er zeigte mir sogleich drei verschiedene Lichtmaschinen und offerierte mir, aus diesen Dreien eine passende zu basteln!

Dankend lehnte ich ab. Ich fragte ihn, was nun zu tun sei.

„Ma non e possibile di riparare la macchina. Ti prego di portare la macchina a casa. Per il momento dovrebbe pagare 120000 Lire, per favore!"

Ich zahlte artig und nahm dankend in Kauf, dass sie mir meine Batterie bereits vollgeladen hatten. A Casa! Das war zunächst einmal der Campingplatz und dorthin kam ich auch ohne Strom glatt. Nur nicht ausmachen den Motor, nur nicht ausmachen, hatte mir Herr Beil mit auf den Weg gegeben und das hielt ich exakt ein, während er hinter mir hertuckerte.

Nun mussten wir Nägel mit Köpfen machen, denn für den ADAC war es jetzt zu spät.

Kurz gesagt, wir mieteten einen Stellplatz für den Wohnwagen und brachen am Montag wie geplant auf, allerdings schon sehr bald am Morgen. Die Batterie war frisch geladen und so raste ich ohne Licht, ohne Scheibenwischer, ohne anzuhalten und ohne das Auto abzuschalten nach Hause bis vor die Haustüre, wo ich den Motor ausschaltete, um zu probieren, ob er wieder anspringen würde. Pustekuchen – Fehlanzeige! Oing, Oing, Oing!

Am nächsten Tag kontaktierte ich Jürgen zwecks Reparatur. Er meinte hilfsbereit:„Das ist doch überhaupt kein Problem, ich baue dir einstweilen deine alte Lichtmaschine wieder ein, die geht ja noch und die hab ich noch hier. Wenn dann deine neue Ersatzlichtmaschine da ist, was, wie du weißt, ein wenig dauern kann, tauschen wir sie einfach wieder aus!" Schüchtern und wohlerzogen erkundigte ich mich nach den Kosten und Jürgen sagte, dass es doch ein Garantiefall wäre! Und so machten wir den Deal und tags darauf hatte ich wieder meine erste, alte, kaputte Lichtmaschine in der Kiste und fuhr stolz zwischen Kammerstein und Barthelmesaurach hin und her. Nichts passierte. Meine Lichtmaschine produzierte weiterhin zuverlässig und fleißig zu viel Strom, mein Batteriewasser köchelte weiterhin ausdauernd vor sich hin und so blieb der Zustand stabil.

Dies änderte sich erst, als mir Jürgen meine neue Ersatzlichtmaschine eingebaut hatte und ich mich endgültig von meiner treuen, alten Stromfabrik trennen musste. Erleichtert war ich aber doch, als ich mein Fahrzeug abholte. Jetzt ist alles in Ordnung, so dachte ich erleichtert, und diese Geschichte musst du unbedingt aufschreiben! Aber zu diesem Zeitpunkt kannte ich den Schluss meiner Geschichte noch nicht: Ich erreichte bei der Jungfernfahrt auch glatt das 4 km entfernte Heimatdorf und stellte das Auto zufrieden in die Garage. Am nächsten Tag schaffte ich auch noch den Weg zur Turnhalle, das waren noch einmal 350 Meter. Aber dann war Schluss!

Auf dem Weg von der Sporthalle zur Schule gab es ein schreckliches Geräusch im Auto, alle Lichter im Cockpit brannten rot und einige orange, ein richtiger Christbaum also!

Es kam wie es kommen musste: Das Auto blieb spontan stehen und ich musste zur Schule laufen. Von dort rief ich Jürgen an und der meinte nur:

„Das ist die Lichtmaschine, dein Keilriemen ist gerissen!"

Die Berlinerin

Es ist an der Zeit, endlich von einer meiner dunkelsten Stunden zu berichten, von einer geistigen Niederlage immensen Ausmaßes, deren Ursprung wohl in der menschlichen Eigenschaft der Profitgier zu suchen ist. Auch ich bin gelegentlich davon befallen und habe daher auch schon manches Schnäppchen nach Hause getragen. Sei es nun das defekte Schlauchboot, welches ich nach über zweijähriger Betriebszeit auf dem Gardasee als Garantiefall gewinnbringend umzutauschen wusste, obwohl die übermäßige Sonnenbestrahlung – gekoppelt mit unsachgemäßer Aufpumpung – als Grund des rapiden, gleichzeitigen Luftaustrittes aus allen Kammern als allgemeine Ursache des nachhaltigen Defektes angesehen werden konnte, oder aber der von mir total zerstörte Stepper, der aufgrund meiner Behandlungstorturen einfach unter mir wegbröselte. Beides wusste ich zu meinen Gunsten umzusetzen.

So erhielt ich prompt ein nagelneues Schlauchboot und einen dreimal so teuren Stepper von den jeweiligen Herstellerfirmen portofrei zugesandt, denn ich hatte auf Undichtigkeit der Verklebungsnähte bzw. auf Materialfehler reklamiert.

Selbstverständlich war bei beiden Geräten die Garantiezeit längst abgelaufen gewesen, eine Tatsache, die meine Geschäftstüchtigkeit nur noch zu untermauern vermag.

Nun, von persönlichen Triumphen zu berichten ist eine Sache, aber totale Niederlagen, sogenannte Desaster, einzugestehen wiederum eine andere. Nicht jeder ist innerlich so gefestigt, aber ich kann nicht umhin!

Meine Geschichte beginnt am Wochenmarkt von Cavallino, dort, wo sich Tausende und Abertausende der deutschen Touristen alljährlich mit Levisplagiaten, falschen Goldringen und nachgemachten Rolex-Uhren eindecken. Dieser Fehler würde mir jedoch nicht passieren, dessen war ich mir sicher.

So zog die gesamte Familie, tutta la familia, fröhlich die Hauptstraße vom Campingplatz „Europa" entlang bis hin zum Hauptplatz des Geschehens, dem Marktplatz. Wie immer hatte ich meine Geldbörse tief in meiner rechten vorderen Hosentasche vergraben und meine rechte Hand sicherte dieselbe fest entschlossen. Niemand sollte und würde mich berauben!

Wir betraten den Platz und drehten ein paar Runden durch die engen Gassen, vorbei an Ledertaschen, Rucksäckchen, Schuhständen und farbenfrohen Bikinis.

„Du gucken, echte Rolex!", doch ich winkte mitleidig ab. Nicht mit mir, Freunde: Goldkettchen, springende Imitationsfrettchen, Lederjacken! Never! Langsam entspannte ich mich und mein Griff um den Geldbeutel lockerte sich ein wenig. Keine Diebe in Sicht!

Plötzlich – ein Hütchenspieler! Belustigt schaute ich aus der Ferne zu. Das interessierte mich doch, wie dieser den Touristen das Geld aus der Tasche ziehen würde. Ich lächelte innerlich über so viel Dummheit, blieb aber doch neugierig stehen und schaute zu – nur zu.

Agi, Christina und Kerstin waren in der Zwischenzeit weitergeschlendert, sie drehten sich aber just um und winkten mir zu, doch zu ihnen zu kommen. Ich winkte artig zurück – und blieb. Ich merkte noch, dass sich eine Menschentraube um mich bildete und umgehend war ich mittendrin im Geschehen.

Der Hütchenspieler stand direkt vor mir! Fremdländisches Stimmengewirr – alles redete durcheinander! Ich erkannte: Der Hütchenspieler war langsam. Er vertauschte die Hütchen ungeschickt und verlor dabei an die Touristen. Er zahlte artig aus und fluchte wild gestikulierend! Er resignierte und zahlte erneut und zuckte mit den Schultern!

Da! Eine Berlinerin!

„Dat gloob ich nich, in zwei Minuten 200000 Lire verdient! Eenfach so!", brüllte sie jubilierend und ich begann, sie innerlich zu beneiden. So um die 70 Lenze mochte sie wohl gezählt haben und hatte den Hütchenspieler doch übertölpelt. So einfach und ohne Risiko! Nur aufgepasst! Auch ich hatte doch mit aufgepasst und jedes Mal mit meinen Vermutungen über den Verbleib des Hütchens richtig gelegen. Das hätte ich auch gewusst. Ich beobachtete weiter – und die Berlinerin gewann erneut! Jetzt scheuchte der Hütchenspieler sie mit einer Handbewegung und einem italienischen Fluch weg und die Menge schob mich noch näher an ihn heran. Unglaublich! Was der Berlinerin gelungen war, das sollte doch wohl auch von mir „easy" zu schaffen sein! No problem! Null Problemo! Die Sache fing an, mir zu gefallen, und ich musste unweigerlich an Dagobert Duck im Geldspeicher denken.

Ich hatte nun noch ungefähr einen Meter Abstand zum Hütchenspieler und stand in der vordersten Reihe, als mir ein alter Mann auf Deutsch zuraunte:

„Das schaffst du auch, spiele du, ich bin zu alt, aber du schaffst es! Hast du auch gesehen, wie langsam er ist?"

Meine rechte Hand am Geldbeutel zuckte nervös und ich blickte mich hilfesuchend im Kreise nach Agi und den Kindern um, aber Fehlanzeige! Keiner half mir jetzt. Ich begann vor Aufregung zu schwitzen und mein Spielerherz rührte sich. Es pochte. Ich merkte, wie Adrenalin einschoss.

„Wie hoch ist der Einsatz?", hörte ich eine mir fremde Stimme fragen.

„100 000 Lire – willst du es versuchen?"

„Ich – nein", wehrte ich schüchtern ab, aber innerlich war ich nun bereit. Der hatte wirklich nichts am Hut! Dauernd verloren! Wie er nur die andauernden Verluste gegen die Berlinerin rein finanziell verkraften konnte, zuckte es mir durch den Kopf. Aber diesen Gedanken verdrängte ich sofort. Hier drehte es sich ja schließlich um meinen Profit!

„Aber 100 000 Lire sind viel! Umgerechnet ungefähr 100 DM", überlegte ich leise für mich. „Für 50 000 Lire bin ich dabei!", entfuhr es mir.

Jetzt war es ausgesprochen – es gab kein Zurück. Entsetzt fuhr ich mir mit der flachen Hand über den Mund, aber gesagt war gesagt.

„Nix 50 000 – 100 000 Lire!" -

Wenn er unbedingt 100 DM verlieren will, so dachte ich mir, bitte sehr – ich bin bereit! Ich nestelte meinen Geldbeutel an die Frischluft und entlockte ihm den geforderten Einsatz.

So standen wir nun zusammen, der Hütchenspieler und ich, und um uns herum eine murmelnde Menschentraube, die ich nur mehr am Rande wahrnahm. Ich konzentrierte mich. Der Hütchenspieler holte seinen Einsatz aus der Hemdentasche und zeigte ihn mir. Das Spiel begann.

Mit unglaublicher, nie gesehener Geschwindig- und Geschicklichkeit, jonglierte der Hütchenspieler die drei Hütchen plötzlich über das kleine Spieltischchen in der Mitte. Zack-zack-zack, so ging das hin und her und kreuz und quer. Zwischendurch hob er eines der Hütchen, sodass ich kontrollieren konnte, ob ich noch richtig lag.

Ich merkte innerlich, dass es doch nicht so einfach werden würde, blieb aber noch zuversichtlich. Das Spiel wurde immer schneller und ich konnte die Bewegungen des Mannes vor mir nicht mehr mit den Augen nachvollziehen. Mein Kopf raste zwar mit hin und her, doch umsonst. Ich hatte tatsächlich nicht den Hauch einer Ahnung, wo das Hütchen sein konnte, und plötzlich ruhten die Hände des Spielers und seine Hütchen. Ich wusste nichts mehr. Es wurde seltsam leise um mich herum. Für einen Moment herrschte tiefe Stille am ganzen Markt – so kam es mir jedenfalls vor.

Der Hütchenspieler machte eine einladende Handbewegung, dass es nun für mich an der Zeit sei, eine Entscheidung zu treffen. Meine Lippen wurden trocken und ich atmete schwerer. Ich hatte keine Idee. Mein Herz klopfte bis zum Hals. „Da liegt es drunter!", und ich deutete energisch auf die Mitte. Jetzt wurde es lebendig! Der Spieler hob das Hütchen hoch und lüftete das Geheimnis!

Nichts – Fehlanzeige! Mit der anderen Hand schnappte er sich meinen 100-DM-Schein und rief lauthals: „Du haben verloren!" Doch das wusste ich längst! Die Menge um mich herum tobte und schrie:

„Haut ab – die Carabinieri kommen!" Und fort waren sie alle, wie von Geisterhand weggezaubert, wie vom Erdboden verschluckt! Ich stand ganz allein auf dem Fleckchen Erde, auf dem ich vor noch nicht einmal einer Minute 100 DM verloren hatte! Verdutzt und verstört blickte ich in alle Richtungen. Nichts – nur ganz vorne standen Agi, Christina und Kerstin und hielten Ausschau nach mir. Meine Trance legte sich und wich der traurigen Realität: Ich hatte 100 000 Lire der Urlaubskasse in den Sand gesetzt und war einem Hütchenspieler auf den Leim gegangen. Wie ein gebeutelter Hund schlich ich mich vorwärts zu den anderen und beichtete. Die Reaktionen können Sie sich denken! Mitleid war da nicht in Sichtweite. Verständnis stand nicht auf dem Programm. Nur Gelächter! Nur Spott! Das war meine gerechte Strafe.

Völlig geknickt absolvierte ich das Restprogramm des Marktes, desinteressiert und teilnahmslos. Ich kaufte meiner Familie nun auch bereitwillig alles, was ein jeder haben wollte. Ohne Rücksicht auf meinen Geldbeutel und die Urlaubskasse. Alle frohlockten! Kurz bevor wir den Markt verließen, entdeckte ich ihn wieder, meinen Hütchenspieler! Um ihn herum standen die gleichen Personen wie bei mir! Da war sie, die Berlinerin, und brüllte über den Platz: „Dat gloob ich nich – dat gloob ich nich!" Da stand er, der alte Mann, der mir so viel Mut zugesprochen hatte und redete auf einen Touristen ein! Ich lächelte ein wenig, denn nun hatte ich verstanden. Endlich!

Are you happy?

Um das Geheimnis vorab zu lüften, mit „Happy" ist ein Campingplatz in Bellaria gemeint, ein Campingplatz, den wir uns einst als Feriendomizil aus dem ADAC-Führer herausgesucht hatten. Von der Fahrt dorthin und von der allzu schnellen Abreise aus dieser Betonwüste handelt diese Geschichte.

Los ging es an einem Freitag Nachmittag und wir steuerten zielstrebig den Campingplatz „Am Wasserfall" in Auer (Ora) an. Alles verlief ohne Komplikationen exakt nach Plan – kein Pfingststau, rein gar nichts, was die Urlaubsvorfreude zu schmälern vermocht hätte. Wir bezogen außerhalb des Platzgeländes das vorbestellte Übernachtungsquartier, steckten den entsprechenden Eurostecker zwecks Stromversorgung in den dafür vorgesehenen Metallkasten, ein kurzes Klicken – vorbei war es mit der Stromversorgung. Es war schon dunkel, sodass Licht doch von Vorteil gewesen wäre. Also suchte ich den Chef in der Rezeption auf und schilderte ihm mein Anliegen, worauf er sich mit mir zum Wohnwagen begab und recht intensiv im Stromkasten herumfuchtelte. Allerdings erfolglos! Er überprüfte und checkte, er gestikulierte, schüttelte den Kopf, fluchte, doch schließlich zuckte er resignierend mit den Schultern.

„Alles in Ordnung und doch kein Strom!", resümierte er aus seiner Sicht.

Ich wurde leicht unruhig, nicht weil ich mich im Dunkeln fürchten würde, nein, hatte ich doch unsere blaue Zusatzkühlbox randvoll mit verderblichen Lebensmitteln geladen. Und die brauchte dringend Strom, denn seit unserer Ankunft waren lockere zwei Stunden vergangen.

Schließlich holte er eine 50-Meter-Kabeltrommel, hängte meine 50 Meter mit dran und überbrückte uns aus dem Waschraum. Zufrieden tuckerte unser Kühlschrank durch die Nacht.

„Rassel, rassel, rassel!" 6.00 Uhr – aufstehen – waschen – frühstücken – Abfahrt 7.00 Uhr! So hieß die logische Reihenfolge und wieder ging alles glatt. Zunächst jedenfalls, denn ab Neumarkt hatte uns der Stau der Brenner-Autobahn geschluckt: „Coda di St.Michele fino a Rovereto-Nord" – so stand es auf der großen Leuchttafel über der Autostrada unmissverständlich geschrieben. In Kilometern ausgedrückt waren das ungefähr 60 km. Noch nie hatte ich das Wort „Stau" so gehasst wie an diesem Tag, das war kein Stau mehr, sondern eher eine zum Darmverschluss führende Verstopfung. Schrittweise ging´ s vorwärts und die Temperatur- und Benzinverbrauchsanzeigen stiegen gleichmäßig, als hätten sie sich untereinander abgesprochen. Vor allem die Temperaturanzeige nahe des roten Bereiches beunruhigte mich doch ein wenig, hatte ich doch auf diese Art und Weise meinen Nissan-Primera verloren. Erleichtert registrierte ich daher das regelmäßige Einsetzen des Kühlerventilators und ich entspannte mich etwas. Das Auto würde halten, dessen war ich mir nun sicher.

Wer zählt schon Stunden und Minuten? Wer hat keine Zeit im Urlaub? Man muss doch nicht immer rasen. In der Ruhe liegt die Kraft – und „Happy-Camping", wir kommen bald! Es war schon nach 11 Uhr, als wir die Ausfahrt „Affi" erreichten. Doch es gab kein Zurück! Sehnsüchtig spähte ich zur Ausfahrt in Richtung „La Rocca", unserem sonstigen Domizil am Gardasee. Doch nun blickte ich in die Gesichter von Agi, Christina und Kerstin. Keine Gefühlsregung, sie saßen da wie versteinert, die Köpfe geradeaus in Richtung Verona – Modena – Bologna – Ravenna – Cesenatico – Bellaria gerichtet. Ich seufzte leicht und gab Gas. Absprache ist Absprache, das ist doch Ehrensache! Hauptsache kein Stau mehr! Ein kurzer Blick noch in den Rückspiegel und „Affi" war vergessen! Forza! Bis Verona ging nun alles glatt und ich berechnete insgeheim eine mögliche Ankunftszeit von 14.00 Uhr in Bellaria hoch. Wie kann sich ein Mensch bloß so täuschen!

Es war ja Pfingstsamstag und den Rest können Sie sich denken: Abertausende von Fiats, Lancias und Ferraris tummelten sich ameisengleich auf der Autostrada in Richtung „Mare". Ob ein Lamborghini dabei gewesen ist, weiß ich allerdings nicht mehr. Zockeln war im Vergleich zu unserer Fortbewegungsgeschwindigkeit ein High-Speed-Rennen, das kann ich Ihnen versichern. Nun, ich will Sie nicht weiter mit Staugeschichten langweilen, aber tanken musste ich auch einmal! Desaster! Als ich endlich an die Reihe kam, wusste ich, dass ich 14.00 Uhr niemals würde halten können. Doch ich bekam den Tankrüssel nicht richtig in meinen Einfüllstutzen und drückte dennoch auf die Zapfpistole. Eine Benzinfontäne schoss heraus. Ich erschrak mächtig. Hier war etwas faul!

„Piombo-piombo! No, signore!", hörte ich ihn brüllen, den Tankwart, und schon kam er herbeigefuchtelt. Ich verstand. Ich hatte versehentlich versucht, verbleites Benzin einzupumpen, und der zugehörige Einfüllstutzen passte überhaupt nicht zu meiner Tanköffnung! Der Stutzen war viel zu dick! Trotzdem war etwa ein halber Liter des verbleiten Benzins in meinen Tank gelangt, wie ich unschwer an der Zapfsäule ablesen konnte, denn sie zeigte 1 Liter an.

„So viel hast du nicht vertropft!", schoss es mir durch den Kopf.

„Il catalysatore, Il catalysatore", jammerte der Tankwart und schlug sich die Hände vor´ s Gesicht. Erneut verstand ich sofort: Das verbleite Benzin könnte meinen Katalysator zerstören! Nun, das würde sich zwar erst bei der nächsten TÜV-Hauptuntersuchung negativ bemerkbar machen, – aber immerhin! Ich rechnete damals noch in DM die Kosten für einen neuen Katalysator hoch.

„Wie immer selbst zerstört", dachte ich zerknirscht.

Mit schlechtester Laune und schlechtestem Gewissen fuhr ich entnervt weiter. Weder Agi noch die Kinder vermochten mich aufzuheitern, was extrem selten ist.

Nun, wir erreichten Bellaria trotz meiner Depressionen ohne weitere Zwischenfälle nach einer sagenhaften Fahrzeit von neun Stunden gegen 16.00 Uhr.

„Happy Camping Betonwüste heißt Sie herzlich willkommen!" So müsste es am Eingang stehen, denn überall standen rote Betonsteine. Vom „Supermercato" bis zur „Receptione" bis hin zum Pool. Ich hätte doch besser im Internet nachsehen sollen, anstatt mich lediglich flüchtig auf den ADAC-Führer einzulassen.

Und wie groß der für mich reservierte Stellplatz war: Genauso gut hätte ich mein Gespann in einer Streichholzschachtel parken können. Agi dirigierte mit den Händen und ich rangierte hin und her, kreuz und quer. Wir drehten und wendeten unseren Caravan nach Belieben, ähnlich eines Schnitzels in seiner Panade, jedoch blieben alle Lösungen gleich schlecht. Selten habe ich mich beim Einparken so intensiv ausgetobt. Endlich stand der Wohnwagen einigermaßen akzeptabel, da passierte das nächste Malheur.

Das Stützradgehäuse aus Metall brach unter der Last auseinander, just in dem Moment, als Agi das Stützrädchen herunterlassen wollte. Der Wohnwagen kippte wie eine Wippe nach vorne weg. Unglücklicherweise hatte sich Agis Fuß dabei leider direkt unter der herabsausenden Deichsel befunden! Ein Schmerzensschrei!

Herbeieilende Nachbarn und ich hievten das Gefährt sofort hoch und wir begutachteten den Schaden. Außer dem Stützradgehäuse war nichts zertrümmert! Zugegeben, Agis Fuß war schon angeschwollen und mächtig rot. Später wurde er dann blau. Aber er war doch noch frei beweglich und in alle Richtungen drehbar.

„Sollen wir zum ‚Pronto Soccorso' fahren?", fragte ich sie besorgt, doch sie schüttelte nur den Kopf und lehnte dankend ab. Nun noch die Stützen heruntergekurbelt und der Urlaub bekam endlich Struktur.

Wie gut, wenn man ein Vorzelt hat! Bei Regenwetter sitzt man gemütlich im Trockenen bei Kerzenschimmer und Rotwein! Nur stehen muss es zuerst! Und das wird umso schwieriger, je weniger oft man zuvor schon ausprobiert hat, es aufzustellen! In unserem Falle war dies exakt „null Mal" gewesen, denn es war brandneu. Gespannt holten wir es aus dem Sack hervor und waren doch von der momentanen Größe beeindruckt. Aha – die Aufbauanleitung innenliegend! Wunderbar! Nun konnte sortiert werden und siehe da – kein Problem! Alles lief wie am Schnürchen, bloß wo waren die Schellenringe der drei Stützstangen links – Mitte - rechts abgeblieben?

Die versenkbaren Ausziehstangen müssen doch immer irgendwie befestigt werden – und dies geschieht mit den dazu notwendigen Schellenringen, deren Schrauben in die jeweils vorgebohrten Löcher passen. Ohne Schellenringe würde das Vorzelt in sich zusammensinken!

Sie blieben verschollen, und wir suchten unsere Ersatzschellenringe, die wir pro forma dabei zu haben glaubten. Auch sie blieben ebenfalls unauffindbar. Was nun, was tun?

Ich klapperte natürlich sämtliche Neunachbarn im gesamten Umkreis ab: Holländer, Belgier, Norddeutsche. Alles liebe, freundliche Leute im täglichen Camperleben – und das meine ich ehrlich. Für mich sind alle Menschen gleich viel wert und ich habe keine Vorurteile. Aber bei den Holländern und Belgiern fielen doch gewisse Sprachbarrieren ins Gewicht und so musste ich bei ihnen mit Zeichensprache operieren und durch aktives Vormachen an den Zeltstangen der anderen mein Problemfeld erörtern. Es gelang mir tatsächlich, drei solcher Schellenringe bettelnd aufzutreiben! Die Zeit war inzwischen kräftig vorwärtsgeschritten und wir verspürten mächtigen Hunger! Alles stand nun perfekt, und so stellte sich die erste Zufriedenheit ein. Jetzt schnell noch das mitgebrachte Fleisch in der Pfanne brutzeln und den ersten Schluck!

Irrtum, wir hatten die Rechnung ohne eine Unbekannte gemacht: Gas!

Agi zündete zielsicher die blauen Flämmchen des Gasherdes im Wohnwagen an, rief aber sogleich entsetzt: „Dreh ab, es riecht hier furchtbar nach Gas!"

Ich gehorchte sofort und die kleinen Flämmchen gehorchten ebenfalls und erloschen. Ich schnüffelte. Meine Diagnose lautete ebenfalls eindeutig: „Gas!"

Nun wurde ich zornig! Hatte ich nicht zu Hause erst vor einer Woche die Gasprüfung samt TÜV erfolgreich absolviert und bezahlt? Hatte dieser Gaskontrolleur etwa schlampig gearbeitet? So musste es gewesen sein!

Der Kocher fiel also flach. Dann eben nach Herzenslust grillen! Wer grillt nicht gerne ein schönes Stück Fleisch? Ich musste nur noch umbauen und den Lavasteingrill an der Gasflasche anschrauben – und schon konnte es losgehen. Und siehe da, nach kurzer Zeit begann Rauch aufzusteigen. Aber nicht lange, denn dann ging uns das mitgebrachte Gas aus. Die Ersatzflasche holen – neu anschließen – weitergrillen! So hätte das jeder gemacht. Ich auch! Doch leider machte mir auch die zweite Gasflasche einen Strich durch die Rechnung, denn mitten im Brutzeln ging auch ihr das Gas aus. Diagnose: ebenfalls leer! Entsetzen machte sich breit!

Agi und die Kinder beschimpften mich, dass es mein Job gewesen wäre, die Flaschen daheim zu überprüfen! Und wie sie Recht hatten! Da stand ich nun ohne Gas und mit den halb fertigen, halb rohen Fleischtrümmern.

„Die können wir doch morgen weiter grillen!", jammerte ich Agi an. Doch was sollten wir heute essen ?

„Wir müssen in den Supermarkt fahren!", stammelte sie fassungslos.

„Das muss aber schnell gehen, denn es ist schon halb 8 Uhr!"
Wir ließen alles liegen und stehen und rasten los. So einen großen Supermarkt hatten wir noch nie gesehen. Dagegen ist

jede „Metro" ein Puppenhaus. Ungefähr 2000 Parkplätze waren belegt. Rechnet man für jedes Auto durchschnittlich drei Personen, so kommt man auf die stattliche Zahl von 6000 Besuchern. Und innen mussten wir überall bunte Zettelchen mit Nummern darauf ziehen und uns jedes Mal neu anstellen. Kerstin und Christina wurden langsam ungemütlich. Wir brauchten schätzungsweise weitere eineinhalb Stunden, ehe wir, mit dem Notdürftigsten versehen, die Heimfahrt antraten. Antreten wollten!

Mit uns waren natürlich auch alle übrigen der 2000 Fahrzeuge mit laufendem Motor startklar, denn der Supermarkt hatte soeben seine Pforten verschlossen. Und alle wollten heim! Hupen, Fanfaren, alle starteten wie aus der Boxengasse.

Am Campingplatz angekommen, nahmen wir unser Mahl ein und anschließend besichtigten wir den Strand. Das hätten wir besser unterlassen, denn unser einstimmiges Urteil lautete: erbärmlich! Da stand sogar eine alte baufällige Holzbaracke unmotiviert herum. Der übrige Strand war schmal und hässlich. Wir verließen betreten das Terrain.

„Hier bleibe ich nicht!", lautete mein Resümee am Wohnwagen. „Morgen fahren wir zurück. Entweder zum ‚La Rocca' oder zum ‚Europa'!"

Alle nickten zustimmend, aber wir hatten ja reserviert gehabt. Wie sollten wir das an der Rezeption deutlich machen, ohne zahlen zu müssen?

Ich spulte am nächsten Morgen die übliche Krankheitstour von Angehörigen im Heimatland herunter und die Angestellten nickten voll vorgetäuschtem Verständnis. Wir verließen die „Happy Camping Betonwüste" sobald als möglich und fuhren zurück nach Cavallino auf den Campingplatz „Europa". Dort blieben wir eine ganze Woche ohne Probleme, ehe es uns zum Gardasee zog.

Bei der Ausfahrt „Desenzano" meinte ich dann lapidar: „Das hätten wir viel einfacher, billiger und ohne Stress haben können, wenn wir bei der Herfahrt gleich in „Affi" heruntergefahren wären!"

„Das habe ich mir bei der Hinfahrt auch gedacht, als wir an der Ausfahrt „Affi" vorbeigefahren sind", entgegnete Agi trocken. Ich erschrak. Auch die Kinder nickten und bestätigten das.

„Wir haben es uns nur nicht getraut zu sagen, weil du doch unbedingt ans Meer wolltest!", rief Christina für alle.

„Paul – wer ist schon Paul?"

Wer kennt sie nicht, diese Werbung aus dem Fernsehen, bei der eine schlanke Schönheit mit ihrer eigenen Figur kokettiert, die vorher ein imaginärer Verehrer namens „Paul" als zu dick bemängelt hatte? Aber von diesem „Paul" soll hier nicht die Rede sein. Meine Geschichte führt uns – wie so oft – nach Italien.

Wir erreichten den Campingplatz „Vela Blue" in Cavallino hundemüde. Selbstverständlich hatten wir vorher telefonisch reserviert und ein Campingplatz-Einweiser führte uns zu dem für uns vorgesehenen Platz. Er lobte ihn überschwänglich: „Dieser Platz sein gut – questo piazzolo e bene – nix weit zum Meer – direttamente sulla spiaggia! Viel Sonne – c' è sole tutto il giorno!"

Das hatte er allerdings in der Tat, aber dass wir an diesem Ort des Brutzelns weit über zehn Stunden schattenlos auszuharren hätten, das wollte er uns nicht verraten. Doch ein Blick genügte fürwahr: eine winzige Nische direkt neben der Stranddusche ohne jeglichen Sonnenschutz! Kein Baum, kein Strauch, kein gar nichts! Die Dusche wäre die einzige mögliche Abkühlung und Abwechslung am Stellplatz gewesen.

„Bene?", fragte uns der Campingplatz-Fuzzy selbstgefällig.

„Nix bene!", erwiderte ich unzufrieden. „Hier sind wir unser eigenes Grillfleisch – zu viel Sonne, kein Schatten! Den nehmen wir nicht!"

Daraufhin brachte er uns zu einem Miniaturstellplatz inmitten schattenspendender Pappeln.

„Bene?", wollte er wissen und schnalzte dabei mit der Zunge, als ob es sich um ein Kleinod oder ein Juwel handeln würde.

„Zu klein, aber vielleicht ‚bene'! Mal überlegen!", erwiderte ich kompromissbereit. Der Stellplatz hatte ungefähr 70 Quadratmeter. Irgendwie würden wir unseren 5,40 m Schlitten schon einparken und den Alhambra davorpressen! Und außerdem hatten wir nur das kleine Sonnensegel „Vario" dabei und nicht das Riesenvorzelt. Ich checkte die Lage durch und sah im Geiste bereits alles fertig aufgebaut vor mir stehen – auch das Tischchen, die Klappstühle und Rexis Fressnäpfe.

„Bene!", meinte ich und Agi, Christina und Kerstin nickten zustimmend. Selbst Rexi, unser Mischlingshund, wedelte mit dem Schwanz.

Und so holten wir ihn denn, unserer nagelneuen Hobby-Exclusive und drehten und wendeten ihn nach Herzenslust im Sandboden, bis er richtig stand. Wir pflasterten den Seat davor und zogen das Sonnendach ein. Das Gestänge bereitete keinerlei Verdruss und – zack-zack-zack – saßen die Heringe. Kurze Zeit später standen auch der Tisch und die Stühle betriebsbereit an Ort und Stelle. Und Rexi hatte seinen Extrahering für die lange Leine ebenfalls erhalten. So konnte er seinen Schattenplatz unter dem Caravan mühelos erreichen.

Unser Augenmerk fiel auf den kleinen, noch freien Nachbarstellplatz.

„Du, wenn wir Glück haben, will den keiner, und dann können wir unsere Liegen darauf stellen", meinte Agi hoffnungsvoll. In der Tat, dieser Stellplatz war extrem klein, außerdem langgezogen, und ein Baum sowie ein Schaltkasten verringerten seine Grundfläche.

„Ja, das machen wir!", rief ich gut gelaunt zurück. So genossen wir zwei Tage der ungetrübten Campingfreuden. Doch das änderte sich blitzschnell als „sie" ankamen.

Wer waren „sie"? „Sie" waren eine Doppelfamilie samt Großraumlimousine und zwei Hunden. Beim Heraussteigen aus dem Van konnten wir drei Erwachsene und drei halbwüchsige Jugendliche zählen. „Donnerwetter!", entfuhr es mir.

Die beiden Vierbeiner sprangen inzwischen wie selbstverständlich unangeleint umher und markierten ihr neues Revier großzügig nach Hundeart. Wir runzelten die Stirn und Rexi, der ja ordnungsgemäß angeleint war, knurrte leise.

„Hier gibt es einen Hundeausführweg", raunte ich Agi zu. „Das wissen die bloß noch nicht. Hier soll wohl alles nach Urin riechen? Soll ich rübergehen und es ihnen sagen?" „Untersteh dich, du bleibst hier. Ich will keinen Streit!", meinte Agi gutmütig. Da erschallte er zum ersten Mal jener vielstimmige Ruf aus mindestens drei Kehlen gleichzeitig: „Paul, wo bist du? Paul, komm her! Paulchen hierher!"

Wir zuckten erschrocken zusammen ob der Lautstärke und der sich überschneidenden Tonfrequenzen.

„Paul – wer ist schon Paul?", murmelte ich gereizt. Paul war der große Mischlingshund der Neuankömmlinge, der alles andere lieber tat, als auf sein Frauchen spontan zu hören und zu folgen. Und so riefen sie nochmals und abermals alle zusammen lauthals seinen Namen. Doch das kümmerte Paul nicht, denn dieser setzte zusammen mit seinem Kompagnon „Chiara", einer ausgewachsenen Schweißhündin, seine Entdeckungs- und Markierungstour ungeniert fort.

„Die wollen doch nicht etwa alle auf den einen Stellplatz?", flüsterte ich Agi zu, denn an eine laute Unterhaltung war wegen der räumlichen Nähe nun nicht mehr zu denken.

„Das kann ja heiter werden. Denen langt der Platz doch hinten und vorne nicht", flüsterte Agi mir zu.

„Und anleinen tun sie ihre zwei Köter auch nicht!", jammerte ich, wohl wissend, dass dies unserem Rexi auf Dauer nicht gefallen würde. Im Geiste sah ich ihn wohl schon arg gebeutelt vor mir im Sand liegen. Wir zogen uns unter unser Sonnendach zurück und beobachteten neugierig das Aufbaugeschehen. Und siehe da, sie schafften es tatsächlich, den Stellplatz mit ihrem Wohnwagen, einem Zelt, dem Van, den Tischen und Stühlen komplett zuzupflastern. Und nun wussten wir auch, wer zu wem gehörte: Chiara gehörte zum Ehepaar mit Wohnwagen und Paul zum alleinstehenden Frauchen mit Zelt.

Im Nachhinein wünschte ich mir, ich hätte diesen Aufbau aus der Vogelperspektive betrachten können, so dicht gedrängt stand alles. Staunend betrachteten wir ihr Werk.

Selbstverständlich ragten ihre Verspannschnüre gut verankert weitläufig in unser Areal hinein, aber wer wird denn kleinlich sein! Flugs spannten sie noch eine Wäscheleine quer durch unsere Parzelle hindurch, weil man sich die Anordnung der Bäume schließlich nicht aussuchen kann. Und hin und her sprangen Paul und Chiara, sie jaulten und bellten voller Freiheitsdrang. Gut – es staubte ein wenig, aber daran kann man sich gewöhnen. Welchen Hund kümmert schon ein Stellplatzbegrenzungsstein?

Rexi knurrte heftiger: Die waren frei und er angeleint. Das missfiel ihm zusehends. Offensichtlich war er sogar neidisch geworden, denn jetzt bellte er im Chor mit den anderen mit. Da erschallte es erneut: „Paul hierher, Paul daher, Paul dort drüben ist ein Hund!"

Und immer aus allen Mündern gleichzeitig, als ob es sich dabei um ein antrainiertes Kriegsgeschrei wilder Sioux-Indianer handeln würde. Nun – manch anderer wäre sicherlich längst eingeschritten und hätte höflich auf das Anleinen der Hunde, vielleicht sogar auf das Einhalten der Parzellengröße mehr oder minder höflich gepocht. So auch ich – wenn ich alleine gewesen wäre. Agi musste meine Gedanken erraten haben, denn sie bat mich friedlich gestimmt: „Bitte, geh nicht rüber. Im Urlaub mag ich keinen Streit!"

Und so ertrug ich murrend und maulend die Situation.

Jetzt warfen sie ihnen sogar Stöckchen und Bälle in unseren Stellplatz hinein, die sie auch prompt apportierten. Es staubte wie beim Rodeo.

„Brav, Paul, und brav, Chiara, hol den Ball und hol das Stöckchen!"

Und hin und her jagten die Hunde – ein richtiges Campingdrama.

„Du sagst nichts – ich will keinen Streit im Urlaub!", ertönte es etwas energischer neben mir. Ich schüttelte resignierend den Kopf und fügte mich in die Märtyrerrolle.

„Nur weil du es bist!", seufzte ich und erntete dafür einen dankbaren Blick.

Nun baute der „Chef de Mission", der An- oder Rudelführer der Gegenpartei, sogar seinen Liegestuhl auf. Klapp – klapp – und schon stand er jenseits des Begrenzungspfostens und weit auf unserem Terrain.

Das war allerdings doch eher logisch, denn auf seiner Seite hätte er beim besten Willen dafür keinen Platz mehr gefunden. Unter Ächzen und Stöhnen begab sich der Fremde auf seinen Ruheplatz und machte es sich darauf mit ein paar Journalen so richtig bequem. Wir hatten sogar freien Blick auf seinen Rücken samt dessen verlängertem Rückgrat. Ich erspare Ihnen nähere Einzelheiten der Anatomie, aber uns blieben sie nicht erspart.

„Das darf doch nicht wahr sein!", hauchte Agi mir zu.

„Jetzt geh ich rüber und kläre die Lage!", jubelte ich begeistert. Doch Agi lehnte erneut ab und so blieb es beim Status quo. Da lag er nun direkt neben meinem Herd samt zugehöriger Gasflasche und räkelte und streckte sich ausgiebig.

„Wenn ich das Gas aufdrehe und den Herd anschalte, dann explodiert er!", meinte ich lachend.

„Das tust du nicht!", rief Agi entsetzt zurück. Unser Familienoberhaupt war inzwischen in Tiefschlaf gefallen – wir konnten sein Schnarchen deutlich wahrnehmen.

„Der ist doch bloß müde von der Fahrt!", verteidigte ihn Agi großherzig und beschwichtigend und so blieb der Gashahn zugedreht.

Am nächsten Tag kamen wir gut gelaunt vom Strand zurück. Und siehe da, die Sachlage hatte sich verändert: zu unseren Ungunsten!

Sie hatten Paul einfach mit der Hundeleine an unseren Wohnwagen angehängt und der riesige Mischling kläffte uns munter aus unserem Stellplatz heraus an und lief dazu unruhig umher. Und Rexi bellte im Caravan wie wild, denn er wollte sein Revier verteidigen. Chiara hingegen randalierte unter ihrem eigenen Wohnwagen hervor. Normalerweise hätte ich die Badetasche einfach fallen gelassen und hätte reinen Tisch gemacht, aber ein kurzer Seitenblick genügte: In Agis Gesicht erkannte ich die inständige Bitte, dies nicht zu tun. Wir packten aus und Paul verzog sich in den Schatten unter unseren Wohnwagen auf Rexis Lieblingsplatz.

„Hoffentlich hat er mit seiner Leine keine Kratzer an unserem Wohnwagen gemacht!", fiel es mir ein und ich inspizierte sogleich die Außenwände. Hatte er nicht.

„Das lasse ich mir nicht länger gefallen!", entfuhr es mir und ich begab mich hinüber zum Zelt von Paulchens Frauchen.

„Guten Tag", meinte ich betont höflich. „Eigentlich habe ich etwas dagegen, dass Sie Ihren Hund an meinen Wohnwagen hängen, der ist nämlich ganz neu!"

Paulchens Frauchen starrte mich an, als ob ich der letzte kleinkarierte Spießer wäre. Sie schnaufte verständnislos und doch eher barsch:

„Tja, wissen Sie, mein Hund braucht Schatten und den kriegt er gut unter Ihrem Wohnwagen. Es ist hier am Zelt bei mir viel zu heiß für ihn!"

„Das ist mir eigentlich egal, ich möchte nicht, dass er weiterhin dort angehängt bleibt, denn unter meinem Wohnwagen ist der Platz meines Hundes! Außerdem verkratzt er mir die Wand mit der Leine!", entgegnete ich eher ungehalten. „Bitte hängen Sie ihn sofort ab!"

Schon wieder war ich für sie ein erbärmlicher Spießer, das sah ich ihr deutlich an, aber sie gehorchte und Paul verschwand von unserem Grund und Boden. Von nun an gab es zunächst keinen Dialog und keinen Gruß mehr zwischen den verfeindeten Parteien.

Am Nachmittag des nächsten Tages hatte sich die Sachlage allerdings erneut verändert: wieder zu unseren Ungunsten! Sie hatten einfach Paulchens Leine so extrem verlängert, dass er, von einem in ihrem Stellplatz eingeschlagenen Hering, be-

quem zu unserem Wohnwagen zwecks Schattenspendung krie-
chen konnte. Er war also nicht mehr an meinem Caravan befestigt und lag doch darunter. Er döste und reagierte auch gar
nicht hektisch. Offensichtlich hatte er sich schon an uns ge-
wöhnt. Rexi allerdings tobte im Inneren unseres Gefährtes,
das war deutlich zu vernehmen.

„Das gibt es nicht, wo sollen wir denn nun den Rexi hin-
tun?", fragte mich Agi unschlüssig. „Wir können ihn doch
nicht dazuhängen! Die vertragen sich doch nicht!"

Christina und Kerstin wussten sofort Rat: „Wir bauen einfach ab und fahren an den ,La Rocca'!", frohlockte Christina,
die den Gardasee sowieso sehnsüchtig erwartete und lieber
heute als morgen nach dorthin aufbrechen wollte. Auch Kerstin jubelte spontan: „Ja – Gardasee – La Rocca, wann fahren
wir los?"

Agi und ich und die Kinder, wir schauten uns an: ein Blick,
ein Gedanke, ein Entschluss!

„Morgen früh packen wir und dann sind wir sie los!", frohlockte Agi triumphierend.

„Hat jemand was dagegen?"

Keiner hatte.

„Ja, das machen wir!", stimmte ich begeistert zu.

Am nächsten Morgen fingen wir zu packen an, wir räumten
alles in Windeseile auf und begannen unser Sonnendach ab-
zubauen. Da kam sie herüber, Paulchens Frauchen, und meinte
besorgt mit ironischem Unterton:

„Sie packen wohl schon. Doch hoffentlich nicht wegen
uns!"

„Keine Sorge", entgegnete ich. „Da brauchen Sie sich keine
Gedanken mehr zu machen!"

Doch sie übertraf sich später selber noch. Als wir alles verstaut hatten und es ans Ankuppeln ging, stand sie plötzlich
vor uns und überreichte mir einen verpackten Gegenstand,
den sie mir einfach in die Hand drückte.

„Nur ein kleines Präsent für Sie, weil wir Ihnen so viele Unannehmlichkeiten bereitet haben! Als Nervennahrung!", meinte sie sarkastisch.

Da ich ein höflicher Mensch bin, nahm ich es an und packte aus: Es war eine Packung Schokokekse als Nervennahrung.

Grußlos verließen wir diesen Ort des Grauens völlig ohne Wehmut und beim Durchfahren der Schranke wusste ich bereits, dass ich diese Geschichte irgendwann aufschreiben würde und noch heute hoffe ich inständig, dass diese Familie sie auch irgendwann einmal zu lesen bekommt.

IKEA – oder die Verführung durch Topflappen

Nun, ich werde versuchen, Ihnen diese Geschichte wahrheitsgetreu und glaubhaft zu erzählen, aber ob Sie mir alle Details abnehmen werden, wage ich nicht zu hoffen. Ich werde mein Möglichstes versuchen und kann Ihnen vorab bereits folgendes verraten:

1. Ich werde nicht flunkern und
2. zwei IKEA-Topflappen namens Ingert, das Stück zu jeweils 13,69 DM, spielen in meiner Geschichte eine entscheidende Rolle.

Doch üben Sie sich in Geduld !

Kein Irdischer vermag wohl jemals das Rätsel zu lösen, wer auf die dumme Idee gekommen ist, eine Bananenwippe für Kinder zu erfinden. Im Geiste sehe ich sie schon vor mir, die Generationen an Eineinhalbjährigen, die rückwärts auf das Laminat donnern oder vorwärts den Teppichrand gerade noch verfehlen, bevor sie aufschlagen! Ich selbst schaukele ja schon lange nicht mehr und wenn, dann auf andere Art und Weise, das kann ich Ihnen versichern.

Nun ja, so ein Schaumstoffwippmonster sollte ich also für meine Nichten zu Weihnachten erstehen: Hineinhuschen – aus dem Regal pflücken – berappen – und auf dem schnellsten Wege heimwärts, so lautete meine Mission.

Entsetzen packte mich, sah ich doch Abertausende von Kleinstkindern in meiner Vision gleichzeitig wippend unter dem Weihnachtsbaume schaukeln. Doch aus dem Einkauf wurde nichts: Seltsamerweise war das Obst mitten im Winter ausverkauft.

Zufrieden schnaufend bewegte ich mich sogleich in die nächste Abteilung, dem Ausgang zustrebend. Doch urplötzlich fiel mein Blick auf einen riesengroßen Stapel mit blauen Badetüchern, die mit unendlich vielen klitzekleinen Fischlein bedruckt waren.

„Nicht gerade ein Einzelstück, aber immerhin ganz nett!", so dachte ich wohl und mein Gehirn begann anschließend in Windeseile, präzise und ganz genau zu arbeiten: Weihnachten – Geschenke – Frau braucht Badetuch ! Auf dem Schild konnte ich nachlesen: „Skiren Badlak 9 – 29,14 DM".

Ich überlegte fieberhaft, aber irgendetwas schien mich doch vom Kauf desselben abzuhalten und zu stören: Vielleicht assoziierte ich das Wörtchen „Badlak" mit der ähnlichen englischen Redewendung „bad luck", was soviel wie „Pech" bedeutet, oder aber es war die gedankliche Vorstellung eines mir wohlbekannten italienischen Swimming-Pools, an dem sich alle anwesenden Frauen auf dem gleichen IKEA-Strandlaken räkelten, was mich stoppen ließ.

Nun, meine zum Zupacken bereits ausgestreckte Hand fuhr plötzlich wie elektrisiert zurück, ich zuckte förmlich zusammen und hüpfte verstört von einem Fuß auf den anderen. Schließlich blickte ich mich verstohlen um, ob jemand meinen epileptischen Anfall beobachtet hatte, aber niemand zollte mir Aufmerksamkeit.

Ohne Strandtuch und Wippbanane verließ ich nun ziemlich hektisch das Geschäft, aber mit der festen Zusage einer Verkäuferin, dass am Montag erneut große Mengen an Bananen für die Menschheit bereitstünden.

Nun – wo bleiben die Topflappen, so werden Sie mich zu Recht voller Ungeduld fragen, aber ich muss Sie vertrösten, um Aufschub bitten – denn die Geschichte endet nicht so harmlos, wie sie beginnt.

Für mich stand in jedem Falle fest, dass ich am Montag erneut auf die Jagd nach meiner Wippe gehen würde.

Und so geschah es – nur mit dem Unterschied, dass diesmal meine Frau mit von der Partie war – und siehe da, alles „Null Problemo". Rasch pflückten wir die gelbe Frucht und hetzten dem Ausgang zu. So durchquerten wir die nächste Abteilung : Badutensilien. Sie können sich den Rest sicherlich selbst zusammenreimen: „Ei Schatzilein, schau mal, so ein schönes Badetuch hab ich selten gesehen und es ist auch gar nicht teuer!" Ich ignorierte das und zerrte sie einfach weiter. „Komm, wir müssen uns beeilen, die Kinder ...!" So reagierte ich wohl, während in mir sämtliche OSRAM-Gedächtnisbirnen dauerhaft Alarm blinkten. Aber wie sollte ich es anstellen? „Du musst noch mal herkommen!", durchzuckte es mich.

Gut gelaunt und fröhlich pfeifend verließ ich mit meiner Frau das IKEA-Geschäft und weder die Riesenschlange an der Kasse noch die tranquilizerverdächtige Person in der zugehörigen Kabine vermochten meine innere Hochstimmung zu dämpfen, denn das Badetuch sollte endlich das erste Geschenk für meine Frau sein. Und wenn der Anfang erst gemacht war ...!

Ein paar Tage später schritt ich also wieder durch die Glastür am Eingang. Zielstrebig bewältigte ich das Pflichtprogramm: Kurvenlaufen um Sessel und Vitrinen. Ausweichmanöver! Küchen, Betten, Spiegelschränke, dem Zusammenbruch nahe Ehemänner, die ihr Maßband freundlich schwenkten.

Hin zur Treppe.

Dort stieß ich fast mit einem überdimensionalen Tisch, aufgefüllt mit „Kapital-Drehplatten", zusammen, der mir nicht ausweichen wollte. Ich strauchelte kurz, lief noch ein paar Meter, blieb dann aber abrupt stehen, denn in mir keimte ein kühner Gedanke.

„Wie wäre es, wenn ich gleich hier an Ort und Stelle weitere Weihnachtsgeschenke für meine Frau finden würde?" Ich hatte ja noch nichts. Aber was könnte ihr denn Freude bereiten? Den IKEA-Elch verdrängte ich sofort, denn die Vorstellung, dass der zwischen all dem Grünzeug in unserer Wohnung blökend auf mich herunterblicken würde, verursachte mir Unbehagen. Da blickte ich zurück auf den Tisch.

„Das ist es!" Ich sah die „Kapital-Drehplatte" für exakt 11,54 DM plötzlich mit ganz anderen Augen an. Hatte sie sich nicht längst so eine gewünscht? Ich suchte sogleich die nach meinem Dafürhalten Beste heraus, wohl wissend, dass wahrscheinlich zwei Drehplatten, eine für Wurst und eine für Käse, ideal wären. Nein, ich entschied mich doch für nur ein Exemplar mit der inneren Option, jederzeit eine zweite dazukaufen zu können. Zufrieden schnaufend stieg ich die Treppe hinab und die Drehplatte landete im Einkaufswagen, den ich mir kurzerhand besorgt hatte. Unten rechts in der eigentlichen Haushaltsabteilung stand ein weiterer riesengroßer Tisch mit ebensolchen Drehplatten. Plötzlich störte mich die Maserung meines vorher ausgewählten Exemplars. Ich suchte und suchte, fand aber doch kein schöneres Stück. Aber hier gab es weitere „Kapital-Produkte". „Wie wäre es, wenn ich ihr zusätzlich zur Drehplatte eine passende ‚Kapital-Holzschüssel' schenken würde? Müsste ich dann nicht auch das passende Holzsalatbesteck beisteuern?" Kurzzeitig überfiel mich leichte Unsicherheit, aber wie ferngesteuert handelte meine Hand für mich und so landeten beide, Schüssel und Besteck, im oberen Korb meines IKEA-Einkaufswagens.

Zufrieden murmelte ich in mich hinein, aber das war nur von kurzer Dauer, denn der erneute Zweifel an der Maserung meiner Drehplatte überwältigte mich mit voller Wucht: Ich hastete nervös wieder treppauf und durchwühlte oben hektisch, nahezu verzweifelt, den großen Drehplattenvorratstisch, bis ich ganz unten im Stapel eine mir passendere Maserung gefunden hatte. Ich tauschte sofort.

Erleichtert eilte ich wieder treppab und fuhr weiter in Richtung „Badlak". Richtig – das Strandtuch, fast hätte ich es ganz vergessen – mein nächstes Geschenk, Geschenk Nummer vier. Ich fand es auch prompt in der mir bereits bekannten Abteilung und nach einigem Wühlen hatte ich das nach meinem Dafürhalten schönste Exemplar herausgefiltert.

„Heute gelingt einfach alles!", dachte ich selbstzufrieden. „Systematische Suche lohnt sich eben! Volltreffer!"

Meine Gedanken addierten soeben die ausgewählten Geschenke, als mein Blick – und Sie ahnen es längst – auf ein Regal mit Topflappen fiel: rot-schwarz-schön! Ich verlagerte meinen Standpunkt hinüber und las das Schild: „Ingert-Topfhandschuhe – 13,69 DM". In Gedanken sah ich meine Frau in der Küche mit den alten, verblichenen Stofffetzen in der Hand deutlich vor mir. Nein – das konnte nicht erstrebenswert sein! Und hatte sie sich nicht neulich sogar verbrannt, als sie die Lasagne dampfend serviert hatte?

Ich konnte das gedanklich nicht mehr exakt recherchieren, aber wenn es so gewesen wäre, sollte ich es dann nicht ändern, ehe ein größeres Unglück deswegen passieren konnte? Und ich sah sie vor mir mit in Mehl getauchten Fingern, später dann dick in Vaseline und Verbandsmull eingepackt, und so wurde es zur Gewissheit. Ich beugte mich hinunter und kurzerhand landete ein Topfhandschuh im Einkaufswagen. Aber, wären dann nicht zwei davon effektiver? Wer langt schon einen heißen Topf einhändig an? Mir fiel spontan niemand ein und deswegen konnte ich nicht umhin, auch ein zweites Exemplar einzuladen, worauf ich abermals zufrieden schnaufte.

Auch an der Kasse musste ich nun nicht mehr lange anstehen und ich verzichtete nach reiflicher Überlegung auch auf den schwedischen Glühwein, dessen Name mir zwar gänzlich entfallen ist, aber der mich trotzdem aus dem Gedächtnis heraus an Holzpantoffeln, sogenannte „Clogs", erinnerte.

Kurzum, ich zahlte und trat erleichtert ins Freie, wo ich auf einen Stand mit brennenden Keramikdrachen stieß. Und weil ich meiner Frau so einen ähnlichen Drachen schon vor zwei Jahren zu Weihnachten versprochen hatte (ich hatte ihr sogar schon ein Bild davon als Gutschein geschenkt), interessierte ich mich dafür näher, was mich eine weitere halbe Stunde kostete. Doch beim Hochrechnen aller Kosten entschloss ich mich, den Kauf des Drachen erneut aufzuschieben.

„Man kann ja nicht alles haben!", resümierte ich für mich. Trotzdem ließ ich mir ein Kärtchen des Geschäftes geben. Würde dieser andere Drachen meiner Frau überhaupt gefallen? Ich verschob den Gedanken, aber halblaut buchstabierte ich den Kartenaufdruck: „Froh-Natura-Johannesweg, Nürnberg".

Ich steckte die Karte gewissenhaft in meinen Geldbeutel, denn man kann ja nie wissen ...! Anschließend verstaute ich meine Geschenke sorgfältig im Fahrzeug und besuchte meine Mutter für mehrere Stunden. Bei dieser Aktion hatte ich ausreichend Gelegenheit, über meine getätigten Einkäufe nachzudenken, und in mir erwuchs dabei eine leichte Schreckensvision, die bald darauf zur Gewissheit wurde. Ich sah meine Frau urplötzlich im Geiste vor mir, wie sie neugierig ihre Geschenke auspacken würde. Wie immer würden ihre Augen voller Vorfreude glänzen und dann das Drama der Enttäuschung: Rot – weiß – schöne – Topflappen! Ein Horrorszenario! Sie würde sich über diese Topflappen nicht freuen, im Gegenteil! Ich sah sie ganz deutlich vor mir, wie sie mit beiden Fingern entsetzt die Topflappen hochheben würde: „Aha –Topflappen! Sehr schön!"

Mehr würde sie nicht sagen! Ich wusste sogleich, dass ich die Lappen loswerden musste; ich würde diese Topflappen auf der Heimfahrt umtauschen! Aber sogleich drückte mein Gewissen unbarmherzig nach. Wie steht es denn mit der Drehplatte und mit der Holzschüssel samt Holzbesteck? Würden sie am Heiligen Abend bestehen können? „Badlak 9" blieb, Gott sei Dank, von dieser weiteren Skepsis unberührt und so versetzte ich mich erneut in die Bescherungssituation. Nein – die Schüssel würde ebenfalls nicht durchgehen und somit auch nicht das zugehörige Holzbesteck. Ich sah das Entsetzen in ihren wunderschönen blauen Augen aufblitzen und dann entdeckte ich sogar noch einen Schimmer der Wut darin aufglimmen und ich wusste, ich hatte heute ziemlich versagt. Alles musste weg, nur das Badetuch und die Drehplatte durften bleiben! Zwar würde ich nur ungern auf die Geschenke zwei, drei und fünf verzichten, das war mir klar, aber trotzdem musste ich reinen Tisch machen. Die Drehplatte könnte ich ja immer noch nach Weihnachten bei Bedarf umtauschen oder aber auf zwei Exemplare aufstocken.

Zufrieden bog ich auf dem Heimweg zwecks Umtausch auch zielstrebig nach Poppenreuth ab. Ich parkte auf dem Großparkplatz, packte das Umtauschgut, legte mir den Kassenzettel zurecht und mit zwei „Ingert-Topflappen, der „Kapital-Holzschüssel" und dem „Kapital-Salatbesteck" enterte ich das Geschäft.

Ich bahnte mir den Weg direkt bis hin zur Kundenbetreuung. Eine freundliche Beraterin empfing mich direkt und ohne Warteschleife. Ich zog den Kassenzettel aus der Hosentasche, legte meine Artikel sorgsam auf den Tisch und begann zu erzählen. „Heute Mittag habe ich versehentlich zu viele Artikel gekauft. Ich möchte jetzt die zwei Topflappen sowie die Holzschüssel samt Besteck umtauschen! Das ‚Badlak 9' und die ‚Kapital-Drehplatte' möchte ich aber behalten! Wäre das wohl möglich?"

Die Beraterin schnappte sich meinen Einkaufszettel und musterte ihn lange. Plötzlich stutzte sie und zählte meine Artikel – vor allem die Topflappen.

„Eins, zwei!", hörte ich sie staunen und anschließend seufzen.

„Es sind tatsächlich zwei Topflappen!", meinte sie verwundert.

„Aber klar doch", hörte ich mich freundlich antworten. „Diese beiden habe ich heute Mittag gekauft – und jetzt möchte ich sie umtauschen! Gibt´ s denn dabei Probleme?"

„Im Prinzip nicht, aber bei Ihnen schon", erwiderte sie frostig. „Denn Sie haben nur einen Topflappen ordnungsgemäß bezahlt, wollen aber jetzt das Geld für zwei zurück und das geht nicht!"

Und schon hielt sie mir meinen Kassenzettel unter die Nase, damit ich selbst diesen Tatbestand prüfen konnte. Tatsächlich, es war auf der Rechnung nur ein Topflappen aufgeführt und der zweite fehlte ganz!

„Hier liegt ein Irrtum vor – keine Absicht!", hörte ich mich stammeln, denn das war mir doch unangenehm. An den Falten auf ihrer Stirn konnte ich erkennen, dass sie mir zunächst nicht glaubte.

„Sie meinen doch nicht etwa, dass ich ...?", rechtfertigte ich mich ungläubig weiter und wurde ziemlich verlegen, obwohl ich unschuldig war. Plötzlich erkannte ich die Wahrheit in Sekundenschnelle: Die Kassiererin am Vormittag hatte den zweiten übersehen und ich hatte sozusagen zwei sündhaft teure Topflappen zum Preis von einem erworben! Was für ein Sensationspreis! Was für ein Schnäppchen!

Ich wurde wütend auf mich selbst, weil ich vor dem Umtausch den Kassenzettel nicht kontrolliert hatte. Dann hätte ich die Topflappen doch behalten und lediglich die Schüssel mit dem Besteck umgetauscht! Aber zu spät!

„Nun, was machen wir jetzt?", weckte mich die Stimme der Beraterin.

„Theoretisch könnte ich ja einen Topflappen wieder mitnehmen und nur den bezahlten umtauschen", hörte ich eine mir fremde eigene Stimme reden. Sogleich traf mich ein unbarmherziger Blick.

„Nein, ich habe es mir anders überlegt", korrigierte ich mich, „ich habe den Topflappen nicht bezahlt, also will ich ihn auch nicht!"

Darauf wurde ihr Blick freundlicher. Die Beraterin öffnete ihre Kasse und zahlte mich aus, während ich mit meiner Dummheit haderte und den Verlust hochrechnete: 13,69 DM. Schnell rechnete ich diesen Betrag in künftige Euro um und halbierte so den Verlust.

„Für Ihre außerordentlich ehrliche Ader gebe ich Ihnen einen Cafégutschein zum Einlösen!", hörte ich sie hauchen. Ich nahm ihn dankend und beschloss, ihn bei nächster Gelegenheit, also beim wahrscheinlichen Umtausch der Drehplatte nach Weihnachten, einzulösen. Artig verabschiedete ich mich und fuhr mit gemischten Gefühlen nach Hause, hatte ich doch das Strandlaken und die Drehplatte retten können, aber den Verlust von 13,69 DM auf Grund eigener Dummheit in Kauf nehmen müssen. Der zweite Handschuh wäre ganz umsonst gewesen! So haderte ich mit mir während des gesamten Heimweges.

Meiner Frau berichtete ich von diesem IKEA-Besuch eher in einer gekürzten Variante – ohne alle Geschenke, ließ aber dafür den Keramikdrachen nicht unerwähnt, den wir zwei Tage später tatsächlich im „Froh-Natura-Laden" gemeinsam erwarben. Dabei betrachtete ich meine Frau still und heimlich eine Zeitlang von der Seite, ohne dass sie dies bemerkte.

„Wie schön sie ist und wie begehrenswert!", dachte ich voller Zuneigung, Liebe und nicht ohne Stolz. Plötzlich wusste ich, dass ich richtig gelegen hatte. Die Topflappen und die Schüssel samt Salatbesteck wären gleichermaßen Frevel und Enttäuschung gewesen. Mich durchzuckte blitzartig ein anderer Gedanke: „Könnte man nicht so eine gelbe Riesenwippbanane für zwei Erwachsene konstruieren, und wenn, wie viel würde sie kosten?"

Ich versank bereitwillig in diese Gedankenwelt und urplötzlich erinnerte ich mich dunkel an eine weitere Geschenkidee von vor zwei Jahren, die ich damals ebenso wenig wie den Drachen in die Tat umgesetzt hatte, allerdings nicht aus Kostengründen. Und ich wusste, dass ich es diesmal wagen würde – und so geschah es!

Der Insektentöter von der Wega

Eine zu meinem Wesen gehörende Eigenschaft ist jene, erst kurz vor dem Beginn eines Faschingsballes Gedanken über eine mögliche Verkleidung und dem dazugehörigen Kostüm anzustellen. Damit meine ich nicht etwa zwei Wochen oder zwei Tage, nein, nein, zwei Stunden sind für mich schon maximale Planungszeit.

Und es versteht sich dabei natürlich von selbst, dass kein gekauftes Faschingskleid für mich in Frage kommt; meine Verkleidung verstehe ich als Gesamtkomposition in die Tat umgesetzter Spontanideen. Nun, den „Insektentöter von der Wega", den darf ich nicht mehr inszenieren.

Ich schnallte mit dazu das Oberteil eines roten Plastikmülleimers mithilfe eines Ledergürtels fachgerecht um den Kopf, sodass nach vorne noch der gesamte Müllschlitz zur Kommunikation frei blieb. Aber dies hat meiner Frau gar nicht gefallen, hatte sie doch auf eine angeregtere Unterhaltung gehofft. Tanzen konnte ich nur vorsichtig und niemals mit Tuchfühlung. Zu ausladend war meine Kopfverschalung. Küssen konnte ich überhaupt nicht mehr, dafür war meine Zunge zu kurz.

Zur Vervollständigung meines Kostüms hatte ich einfach das überdimensionale Insektenmobile im Kinderzimmer abgehängt und geopfert, kurzerhand die Fäden abgeschnitten und die einzelnen Kunststoffindividuen an meiner Kleidung – bestehend aus schwarzem Hemd und schwarzer Hose – befestigt. Die dazu verwendeten Sicherheitsnadeln pieksten beim Tanzen ein wenig. Um meiner Verkleidung noch Ernsthaftigkeitscharakter zu verleihen, benutzte ich zum Fangen der fiktiv fliegenden Kerbtiere eine riesengroße Grillzange, welche ich klappend und klappernd beim Tanzen einsetzte und benutzte. Dazu rief ich auf der Tanzfläche wie ein Gespenst mit möglichst gruseliger Stimme: „Ich bin der Insektentöter von der Wega!"

Auch das missfiel meiner Frau gänzlich. Sie bat mich mehrere Male inständig, den Helm abzunehmen, aber ich verweigerte dies stets kopfschüttelnd: „Der gehört zur Verkleidung!", blieb ich während des gesamten Abends unerbittlich. Agi war mit dem Verlauf dieses Balles nicht durchgehend zufrieden, wie sie mir auf der Heimfahrt glaubhaft versicherte.

Eine gänzlich andere Maskerade war mein Auftritt als grell geschminkte „Mallorca-H..." beim Motto „Mallorca – Las Palmas lässt grüßen".

Ich nahm sogar erfolglos an der Maskenprämierung teil und war darüber doch enttäuscht – fast ein wenig zornig – geworden, denn ich hatte einen ziemlich großen Aufwand beim Verkleiden betrieben.

Gegen 18.00 Uhr war ich zum ersten Mal leicht nervös geworden, wie ich dieses Motto bis 19.30 Uhr würde erfüllen können, aber dann entschloss ich mich in Windeseile: „Ich werde eine Mallorca-H...".

Ich teilte Agi meine Entscheidung mit und ging sogleich ans Werk. Ich stürzte in den Keller, denn ich hatte mich an das alte, knallrote Baumwollkleid mit großen schwarzen Blumenornamenten erinnert, welches ich für Agi vor etwa fünfzehn Jahren im Winterschlussverkauf erstanden hatte. Es war noch neuwertig, denn Agi hatte es auf Grund seiner Scheußlichkeit schon bald nach ihrem damaligen Geburtstag ungetragen ausrangiert.

Ich fand es im Kellerschrank und probierte es. Zugegeben es war doch etwas eng, doch ich ignorierte dieses Problem, indem ich hinten einfach den Reißverschluss offen ließ. Wulstringe um den Bauch erkannte ich nicht als wirklich störend.

Eine lange, blonde Perücke sowie grelle Schminke ergaben zwei weitere Fortschritte bei meinem Kostüm, aber all diese Details ergaben noch keine „Mallorca-H...".

Wie sollte ich den Aspekt meiner Käuflichkeit glaubwürdig vermitteln? Ich überlegte angestrengt und vergrößerte mit einem kurzen Riss das Dekolletee. Nein, das war es auch noch nicht. Da kam mir eine neue Idee: Hatte ich nicht im Arbeitszimmer übergroße, internationale Papiergeldscheinattrappen aus aller Herren Länder? Und wenn, wo waren diese? Ich stürzte dorthin, suchte verbissen und fand sie tatsächlich gerade noch rechtzeitig. Sie waren ideal für meinen Zweck geeignet: Spanische Peseten, englische Pfunde, französische Francs, amerikanische Dollars, alles vorhanden und in der passenden Größe: etwa 10 x 15 cm! Aber wie sie befestigen? Erste Versuche mit Sicherheitsnadeln wie bei den Insekten scheiterten hier kläglich, zu entsetzlich war der Schmerz. Damit hätte ich nicht einmal einen Stehblues, geschweige denn den heißgeliebten Rock 'n Roll tanzen können. Nun denn – Klebstoff! Ich fand den Pattex und beschmierte Kleid und Scheine laut Anleitung beidseitig und recht großzügig. Nach der gewünschten Wartezeit fing ich an, das Kostüm fertig zu stellen. Geldschein auf Geldschein klebte ich rund um das Kleidchen und besonders um den Ausschnitt. Jetzt sah das Kostüm zwar sehr authentisch, allerdings auch eher unsauber befleckt aus. Doch das konnte mich nicht abhalten. Anschließend erneuerte ich die Schminke, wobei mir Agi fachgerecht und kopfschüttelnd zur Seite stand. Sie hatte das Motto einfach ignoriert und sah in ihrem Flaumkostüm als Prinzessin oder Zauberin (oder Ballerina oder Charleston-Tänzerin?) einfach zum Anbeißen aus. Sauber und adrett. Ich hingegen? Nun musste ich noch das entsprechende Schuhwerk auswählen, fand aber im ganzen Haushalt keine High-Heels in meiner Größe. Somit musste ich mich mit Turnschuhen begnügen. Wahrscheinlich erschütterte dies die Glaubwürdigkeit meines Kostüms so extrem, dass ich deswegen bei der Maskenprämierung bereits in der ersten Runde ausschied.

Gute Nacht!

Friedel und Carla sind zwei liebenswerte Menschen. Wir mögen sie gerne. Sie sind hilfsbereit und nett. Sie sind ruhig und harmlos. Sie wohnten früher in Pleinfeld direkt über uns. Aber immer, wenn Friedel und Carla Action-Filme ansahen, dann tanzte der Bär und die Hütte vibrierte:
Da – dum – da – dam
Da – dum – da – dam
Das ist die Dramaturgie der Melodie oben: a – c – d – e. Immer wieder. Gerade setzen die Autos zur Verfolgungsjagd an und eben springen sie über die Rampe. Da – dum – da – dam – klirr. So klingt es jetzt. Aufprall?
Agi und ich liegen unten wach und halten uns an den Händen, so als wären das die Sicherheitsgurte. Endlich hat er ihn – so scheint es, denn die Geräusche ebben ab. Da lobe ich mir Rosamunde Pilchers sanfte Klänge aus Irland, Schottland oder sonst woher. Da sind wenigstens Handlung und Musik gleichermaßen seicht. Oder „Die Mädchen vom Immenhof". Da lachen die Kinder fröhlich auf den Ponyrücken, seltsam ausgelassen und unbeschwert und grüßen so aus einer anderen Zeit. Oder unsere Romy als Kaiserin „Sissi", wie sie ihrer Tochter am Markusplatz entgegen eilt: „Viva la Mama!"
Oder Kris Kristoffersons legendären „Convoy" aufsässiger Trucker mit Ali Mac Graw als Wegbegleiterin. Neugierig geworden, hören wir genauer zu, warten auf die Dialoge: „Rubber Duck, bitte kommen!" „Hier spricht Rubber Duck!" „Rubber Duck an alle!"
Über uns steigert es sich allerdings zu einem dramatischen Intermezzo mit Reifenquietschen, schlagenden Autotüren und Pistolenschüssen.
„Hands up!"
Da – dum – da – dam – peng

Da – dum – da – dam – peng – peng
Da – dum – da – dam – peng, peng, peng, peng, peng ...
Maschinenpistolen. Schade, doch nicht Kris Kristofferson. Ich weiß nur, einige von uns werden in Kürze einem Arzt zu einem stattlichen Honorar verhelfen. Entweder Friedel und Carla dem Ohrenarzt oder Agi und ich dem Nervenarzt.
Da – dum – da – da
Da – dum – da
Da – dum
Da ...
Und so schlafen wir ein, Hand in Hand, wie mit Sicherheitsgurten befestigt, während oben wahrscheinlich weiterhin der Bär tanzt und die Hütte vibriert.
Aber Friedel und Carla sind nett. Wir mögen sie sehr. Sie sind hilfsbereit und ruhige Zeitgenossen. Friedlich. Friedfertig. Freundlich ...
Gute Nacht!

Mein Wunsch für Dich

Im Leben soll Humor Dein Motor sein
der Dich antreibt
mit Superspaßbenzin!

Im Leben soll Frieden Dein Motor sein
der gleichmäßig
den Takt schlägt
ohne auszusetzen!

Im Leben soll Geduld Dein Netz sein
das Dich
und andere auffängt!

Im Leben soll Freundschaft Dein Netz sein
in das
man sich gerne
fallen lässt!

Karl-Gustav Hirschmann

Der Autor

 Mein Name ist Karl-Gustav Hirschmann und mein Hobby ist Schreiben.

Lyrische Texte, fränkische Mundartgedichte, Kurzgeschichten und Sketche sind entstanden aus überdauernder Lust am Erzählen und Dichten. Ich habe sie über mehrere Jahrzehnte hinweg eifrig gesammelt, für mich und für meine Familie: für meine Frau Agi, für meine Töchter Christina und Kerstin.

Ich selbst, geboren am 06. September 1955 in Fürth/Bayern, bin Grundschullehrer von Beruf und an der Grundschule Kammerstein tätig.

Dichterlesungen und ein Beitrag im Landkreisbuch „Krippen im Landkreis Roth" – ansonsten bin ich sicherlich noch unbekannt.

Ich möchte Ihnen in meinem ersten Band selbst erlebte „Pleiten, Pech- und Pannengeschichten" anbieten; Geschichten, durch die Sie auch zwangsläufig meine Familie kennen lernen werden. Sie werden schmunzeln müssen und lachen dürfen ... jedem geht einmal etwas daneben – nicht immer entwickeln sich die Dinge wie geplant.

Auch bei Ihnen.

Im täglichen Leben hat – und hatte – jeder von uns seine Schwachstellen.

Tragen Sie es mit Fassung – tragen Sie es mit Humor!

Erzählen Sie es weiter! Lassen Sie andere durch ihr Lachen daran teilhaben.

Das ist meine Botschaft.

Gerne würde ich Ihnen, liebe Leser, in einem weiteren Band auch lyrische Gedichte vorstellen.

Ihr
Karl-Gustav Hirschmann

Flo Schoemer

**Ich stricke am Rockzipfel
meines Lebens**

Popliteratur hat irgendwann begonnen richtig zu
nerven. Sie ist entweder schnöselig oder banal.
Schoemers Texte sind anders. Sie beschreiben eine
Welt, die sich in Zwischenräumen abspielt. Sie os-
zillieren zwischen Werbeagentur und Philosophie-
vorlesung, zwischen Szene-Bar und Außenpolitik,
zwischen zerbrochenen Idealen und absurder Iro-
nie. Das ist Literatur, wie man sie sonst nur von
französischen Autoren wie Beigebeder kennt. Es ist
unsere Welt, die er da beschreibt.

ISBN 978-3-86634-084-8   Engl. Paperback, 108 Seiten
9,80 Euro   19,6 cm x 13,8 cm

Horst Prosch

Pauls Zustand
Geschichten

Der Zustand von Paul musste ernst sein. Sehr ernst
sogar. Und wenn ich ein wenig darüber nachdach-
te, so konnte ich mich nicht daran erinnern, meinen besten Freund jemals in einer solchen Verfas-
sung erlebt zu haben.
Schuld an dieser Vermutung waren lediglich zwei
Worte, die er mir irgendwann an einem Donnerstag auf den Anrufbeantworter gesprochen hatte:
Komm. Bitte.

ISBN: 978-3-937027-55-5   Paperback, 230 Seiten
14,80 Euro   20,2 cm x 14,5 cm